死に体

沖田臥竜

れんが書房新社

装画　井筒啓之
装丁　鈴木俊文（ムシカゴグラフィクス）

人生を終わらせる奴がいる。
自分勝手に終わらせる奴がいる。
若くして勝手に終わらせる奴がいる。
オレもそんなバカな奴の一人だった。

「死に体」――目次

序章に代えて　～オレって奴は……

終わった、終わってしまった――。

人生という道を彷徨っていると、取り返しのつかない失敗をした時、どうにもならない状況に立たされた時、人間は、終わった――と、諦めてしまうことがある。

オレ自身、バカと言えばそれまでだが、この、終わった――という経験をどれほど積んできたことか。思い返せば、遠くは幼稚園児にして、そう痛感させられた苦い記憶がある。

あれは確か、母の財布から万札一枚をくすね、近所の駄菓子屋へと出かけた日のことだ。この年齢でネコババをした時点で、すでに終わりかけている気もしないでもないのだが……。その日に限って、いつも駄菓子屋にたむろしているはずの、なおくんやえりちゃんがいなかった。せっかく母からくすねた一万円札で金欠の彼らに、派手に大盤振る舞いをしてやろうと思っていたのに、同じ幼稚園児とはいえ、彼らにも所用はあるし、間の悪い日だってあるだろう。

仕方ないので、オレは一人でくすねた一万円で盛大に大人買いすることにしたのであった。とりあえず、幼稚園児だった〝ボク〟のオレは、手当たり次第にお菓子を見繕った。爺さんと婆さんが経営しているおかげで、この駄菓子屋は近所のクソガキどもから勝手に「ジジババ」の愛称で親しまれていた。そのババのほうに、オレは見繕ったお菓子を差し出し、くすねた一万円札を手渡したのだった。

今ならば、なんら問題視されることなく「毎度あり」で済んでいたはずである。むしろ寂れきった駄菓子屋で、スッと万札を切るオレに「ありがたや、ありがたや」と、シワくちゃの手を擦り合わせ、べんちゃらを使ってもおかしくない。

だが、ババは違ったのである。理不尽とは、こういうことを言うのではなかろうか。万札を切る太い客だというのに、ババはシワくちゃの表情をキッと尖らせたかと思うと、客であるはずのオレを咎めるという強硬手段に打って出たのである。ババのセリフまでは明確に覚えてはいないが、

「なんでお前みたいな、どチビがそんな大金を持っておるのだ！」

そんな言葉で頭ごなしに問い詰めてきたように思う。その後のことは、はっきりと覚えている。怒鳴り出した挙句、お菓子すら売ってもらえなかったのだ。

やり場のない怒りは最高潮にまで達したが、悲しいかな、幼稚園児だったオレにババと議論するほどの話術はまだ備わっていない。「だって、お父さんにこれでお菓子を買ってから、タバコを買ってきてちょうだいって言われたもん！」と、鼻息荒く反撃できるようになったのは、小学校に入学してしばらく経ってからのことだ。言いようのない憤りで小さな胸を膨らませながら、おとなしく退散するしかなかった。

何かことが起きれば、母にチンコロするのが、〝ボク〟の必殺技であったが、さすがに

この時ばかりは必殺技を駆使するわけにいかない。苦渋の末、仕方なしにくすねた一万円札を母に返すことにしたのであった。

「お母さん、うんとな、ジジババの自動販売機の横の溝に一万円札が落ちとってん！」

意図的にくしゃくしゃに丸めた一万円札を母に差し出す。

「なぁなぁなぁ、ゲームウオッチ、買っていい？　なぁなぁなぁ、お釣りはお母さんにあげるから、いいやろ？　なぁなぁなぁー」

一万円札を拾ったことを装い、ゲームウオッチを搾取し、その釣り銭で母に恩まで売ろうと目論んだのである。〝ボク〟にしては恐れ入った作戦ではあるけれど、ことが発覚するのにまったく時間はかからなかった。

せめて、十五歳くらいならば平然とした顔で、母の詰問にもしらばっくれることができたであろう。十五歳とまでいかずとも、十歳だったとしても、母の詰問に果敢に挑んでみせたと思う。

しかし、この時の〝ボク〟は、いかんせん五歳だ。「ピエーン」と泣く武器しか装備していない。なぜか、台所で母に素っ裸にされると文字通り身ぐるみ剥がされて、家の外へと放置されてしまったのだ。

「う～えんっ！　開けてやっ！　開けてって！　頭が痛いっ！　頭が痛いっ！　あったっまぁっっっ～！」

無論、頭痛は嘘である。

「開けてって！　お母さんってぇ！　うえ〜んっ！　うええ〜んっ！　ゲームウオッチはっ！　ゲームウオッチは買ってくれるのっ！」

この期に及んで、ゲームウオッチをねだる〝ボク〟の凄まじいまでの執念。それに対して、無惨にもピシャリと閉められた玄関の中から、母は高らかにこう宣言したのだ。

「おもちゃなんて、一生ダメッ！」

〝ボク〟は思わず泣き声を呑み込んだ。〝ボク〟にとって、おもちゃは全てだった。おもちゃにトキメキながら生きていた。そのおもちゃを、母は二度と買ってくれないと言うのである。ウルトラマンも仮面ライダーも二度と買わない気でいるらしい。

この時、確かに〝ボク〟はこう思った。

終わった、終わってしまった――。

いや、終わってしまったでは、あ〜りませんかっ――ぐらいだったかもしれない。少なくとも、もう生きる望みはなくなってしまった――なんて言葉が思い浮かぶほど、当時の〝ボク〟にボキャブラリーはなかったけれど、地球が滅んでしまったような衝撃を受け、人生が終わりを告げたと感じたのは間違いない。

母の言葉には、それくらいの破壊力があった。無駄に全裸の〝ボク〟は、それくらいのダメージを受けた。打ちのめされているところに、ピシャリと閉められていた玄関の扉が開け放たれて、母が姿を現したのだ。

「あんた、まだ幼稚園児やねんで。中学生がお金を盗るんやったら、まだわかるけど、そんなチビの時からお母さんのお金を盗ってどうするの！　何がゲームウオッチやの。あんたホンマにアホと違うか！　今のうちからそんなん覚えていったら、大人になってホンマに困るで。そん時になって、泣いてお母さんに言うてきても、お母さん、ホンマ知らんからな！」

怒鳴りつける母のまぶたには涙が浮かんでいて、小さな胸が痛いくらいに締めつけられた。

これで少しでも何かを悟ることができていれば、その後の人生も変わっていただろう。だが、バカだったぶん、無知だったぶん、しょっちゅう、アホなことをしでかしては、終わった、終わってしまった――と感じていたように思う。

この後に続く小学生時代にも同じようなことを繰り返しては、ことが発覚するたびに健気に、終わった――と、絶望の淵を彷徨っていたのだけれど、慣れとは恐ろしいもので、次第に「これくらいなら、終わらないよ～ん」と、だんだんと厚かましくなっていった。

それが、いけなかった。

その厚かましさが見事に災いしたのが、〝ボク〟から〝オレ〟へと成長した中学二年生の冬。とても寒い日に、オレは初めての獄となる鑑別所に、ついに収監されることになってしまったのだ。毎回、本気だったけれど、この時こそは本当に、いや～これは、終わりましたな――と、しみじみと実感させられたのである。

生きてきた時間がまだ短かったぶん、この時のオレにとって、「塀の中」で過ごさなければならない一ヶ月は永遠にすら思えた。一ヶ月だけでも途方に暮れているというのに、聞くところによれば、その一ヶ月で社会にカムバックできる保証などどこにもなく、ヘタすれば半年、もしくは一年もの間、少年院に送致される可能性もあるというではないか。目先の出来事に一喜一憂を繰り広げていた中学生のオレにとって、一年先の未来など想像さえできなかった。

したがって、この時の終わった――は、かなり深刻なものだった。

コンクリートの壁と金属製の金網がはめ込まれた薄暗い留置場の端っこで、鼻水と涙を流しながら、オレはメソメソと泣き続けていた。

だが、泣いている当時のオレよ、すまぬが、初めて投獄された留置場にさぞかしビビリ上げたことを察することはできる。でも、どのあたりが終わった――のであろうか。

鑑別所の一ヶ月など保養か慰安旅行の類いとしか思えない今のオレには、残念だけど理解してやることはできない。終わった――というよりも、むしろ、うらやましい。少年法の御加護がうらやましくてたまらない。少年院で許していただけるのであれば、半年や一年などとケチケチせず、五年くらい放り込まれたって構いやしない。

しかも、この時のオレは、少年院に送られることなく、無事一ヶ月でシャバに帰ってきたではないか。全然、終わっとらん！　このくらいのことで、軽々しく、終わった——などと思っていた昔の自分に腹が立ってきた。

腹立ちまぎれに、当時のオレに教えてやろう。ハタチを過ぎた頃には、オレは外せるだけの道を片っ端から踏み外し、結果、懲役十年の刑に服すことになる。

どうだ？　これは凄いだろう。母の財布から一万円をくすねたことや、鑑別所の一ヶ月なんかとはスケールが違う。

今度こそ、終わった——と断言しても差し支えなかろう。

十年とはそれだけの歳月で、計り知れない重みがある。人の気持ちや姿も、十年あれば、ずいぶんと変わってしまう。刑務所に十年、行けと言われて、笑って行ける奴などそうはいまい。

だが、今のオレならクスッと笑って行けちゃったりするんだな〜これが。両隣の住民、浅田のおっさんにしても、鬼ガワラのコンチクショウにしても同じように答えるだろう。さらに、その隣の宮崎は精神状態に異常をきたしているので、まともに答えてくれそうにないが、それはそれで悟りの境地に達したとも言える。

なんにしても、だ。今のオレに比べれば、当時のオレの苦悩など取るに足らない。女子高生が失恋して、「終わっちゃったねー」と感じてしまう乙女心と、そう大して変わりはしない。そう言いきって、今度こそ差し支えなかろう。

懲役二十年でも、そんな強がりを言えるのかって？　刑務所に二十年間も吸い込まれてしまっては、出る頃にはゆうに五〇代の坂を上り始めている。なんの地位もなければ財もない。もとより才も持ち合わせていない。そんなオレが、そこからやり直せるほどのガッツがあるか。「人間その気になれば、やれないことはない」というのは、まったくのデタラメで、まず無理だ。刑務所の中で苦しい思いにひたすら耐え、二十年間耐え続けて、何が待っている。死んでしまったのと同じではないか。

でも、「死んだほうがましだ」とは言えない。口で簡単に言うほど、「死んだほうがましだ」なんて状況が、人生の中でそうあるわけがない。それに、誰だって死ぬのは怖いはずだ。少なくとも、オレは怖い。

今のオレは、なおさら怖いと感じている。明日、法的執行によりブチ殺されたとしても、なんら不思議のない「死刑囚」なのだから……。

オレは本当に終わってしまった。

いや、こうして生きているわけだから、まだ終わってはいないけれど、それは人生の付録を過ごしているようなものでしかない。

だからといって、死にたいかというと、まったく死にたくはない。むしろ一日でも長く生きていたい。人生の付録でも構いやしない。生き延びていたい。たとえ、もう二度と生きてシャバの土を踏むことが叶わなくても、生きていたい。

生きることが苦しくて、いっそのこと「スパッと殺《や》っちゃって！」と思うこともしばしばだけど、「その期待に応えてやろうか」と誰かに迫られれば非常に困る。

いつ死神にからめ取られてもおかしくない、日常の至るところに〝死〟と〝絶望〟がぶら下がっている毎日でも、生きていたいと切実に思う。はっきり言って、ここはこの世の地獄だ。金曜日の朝を迎えるたびに、担当の足音に顔を引きつらせ、気が狂うのではないかと思う。いや、もしかしたら、もうすでに半分、狂っているのかもしれない。オノレ自身が正常か異常かさえも判断できない暮らし。神経はすり減り、明日への希望なんてどこを探してもまったく見当たらない。

それでも、だ。それでも生きていたいと願っているのだ。

確かに、明日への希望はもうないけれど、ささやかな楽しみや小さな喜びが、まったくないというわけではない。

胸に響く小説と出逢えば社会の人と同じように感動するし、毎週楽しみにしているラジオ番組だってある。鬼ガワラのコンチクショウは論外としても、浅田のおっさんや宮崎、そして横山のやっさんなんかと会話できる拘置所内の運動時間だって欠かせない。寒い日、湯船に身を沈めれば、「つぅーっ、極楽〜極楽〜っ」と近い将来、自分が逝くかもしれない地名が口からこぼれ出たりする。

そして、何よりも大事な人がいる。世間から悪鬼のごとく憎まれ、親にさえ見捨てられ、ヤクザ組織からも追放された、落ちぶれ果てたボロカスなオレなのに、毎月二回の面会には、ゆきちを連れて逢いに来てくれる彼女だって届けてくれる。そんな彼女とゆきちの存在がどれだけオレに生きる喜びを与えてくれているか。二日と空けず手紙だってくれている。

まれに、死刑囚の生い立ちや家庭環境に憐憫の情を抱き、その流れから獄中結婚してしまう、本当に申しわけないが、独りよがりの思い違いの愛とは、オレの場合わけが違う。

何もそれが悪いと言っているのではない。人それぞれ思想や価値感が違うのは、もっともだし、死刑囚の人道にももとる残虐な所業を、慈悲深い愛と大いなる勘違いで善意に解釈し、「力になってあげたい」と思う気持ちは、オレが今、死刑囚という立場だけになおさら素晴らしいと思う。チクリチクリとイヤミを言っているのではない。素直に、オレは褒めているのだ。性格が若干、歪んでいるだけなので、気にしないで欲しい。

ただ、オレの場合は違う。死刑囚となって、殺されるためだけに生きる運命となって久しいが、今では異国の地となってしまったシャバに生息していた頃から、ゆまはオレの彼女だった。もちろん、オレがゆまのことを大事にしたとか、ゆまやゆきちを助けるため、やむを得ず罪を犯してしまったとか、その結果、今このように死刑囚になってしまったとか、そんなドラマチックな美談などあろうはずがない。

はっきり言って、この両の手にワッパをはめられるその瞬間まで、オレは彼女を傷つけた。苦しめた。泣かし続けた。

もうやってしまったことはもとに戻せないとしても、せめてあの頃に戻って、彼女だけは大切にしてやりたかった。それほどオレは、彼女を不幸にした。

そんな男なのに、彼女は「ゆまにも、こうなってしまった責任があるから……」と言って、いまだにオレを見捨てようとはしない。

死刑が確定するまでの半年間、彼女は毎日のように面会へと来てくれていた。刑が確定した今とは違い、未決の身分の間は土日祝日を除く平日に限り、毎日誰とでも面会することができた。すでに生きていること自体が申しわけなくなっていたオレでさえ、接見禁止が明けた後は、例外に漏れることなくそれが叶った。そんなオレにゆまは毎日のように逢いに来てくれていたのだ。

もういいよ。本当にもういいよ――。

その想いを言葉にすることは、怖がりで臆病なオレにはできなかったけれど、もういいよって思う気持ちも嘘ではなかった。

決して、ゆまは口にもしないし、素振りも見せなかったけれど、こうやって死刑囚に面会へと来たり、差し入れしたり、手紙を書くことが、どれだけ彼女の生活を苦しめ、肩身を狭くさせているか、考えずともわかっていた。

罪を犯せば、本人だけでなく、周囲の者までがその被害にさらされることになる。犯した罪が大きければ大きいぶんだけ、その波紋は広がり、社会に残っている者たちを直撃する。これまでの生活は一転して惨憺たるものへと変貌してしまう。

ただ親というだけで、妻というだけで、ただ兄弟や子供だというだけで、一切の平穏は剥奪され、関係のない私生活まで執拗に白日のもとにさらされる。世間を震撼させた犯罪者の身内は、それから逃がれるように、人知れず消息を絶ち、面会どころか、関わり合いになるのさえ拒むのが普通だ。凶悪な犯罪者となり果てた身内の安否を気遣うどころか、被害者の遺族同様に恨んでいることさえ少なくない。

オレだって立場が逆なら恨みもするし、憎みもすると思う。仮にオレに弟がいたとして、その弟が死刑に値する罪を犯したとしたら、オレは見捨てることなく支え続けていけるとは、とてもじゃないけど言いきれない。来る日も来る日も満員電車に揺られ、いくばくかの給料のために言いたいこともやりたいこともできず、胃に穴を開けながら、それでも必死に踏ん張ってやっと手に入れた小さいながらもマイホームを、愛してると言ってくれる妻を、その妻との間にできた子供を、そうしたささやかな幸せを、なんの落ち度もないというのに「犯罪者の兄」というだけで奪われてしまったら……。オレは多分、弟が死んでも許すことができないだろう。死刑執行の一報にも、涙を流すことさえないと思う。むしろ、早く死んでくれたほうが、せいせいするかもしれない。

客観的に見た場合、それが普通の感情だと思う。それだけのことをしてしまったからこそ処刑台へと上げられるわけで、自業自得以外の何物でもない。

だから、今のオレが誰かに何かをお願いしたり、望んだりする権利など、もうどこにも残っていないのだ。なのに、彼女は数々の犠牲を払ってまで面会へと来てくれた。

もういいよ。もうオレのことなんて忘れて自由になってくれよ。幸せになってくれよ。

自分勝手なオレは、その言葉が怖くて口に出せなかった。

本当にゆまがオレから離れてしまったら、惨めさをひたすら引きずって、

「一度でいいから、最後に面会に来て欲しい」

「死ぬ前にどうしても言わなきゃいけない言葉がある」

とかなんとか書いた内容の手紙を送りつけ、彼女を苦しめ続けてしまうと思う。

そして、いつの日か宛先人不明で舞い戻ってきた手紙の束を受け取って、途方に暮れてしまうのだろう。自己中心的なオレは、悪態だってつくかもしれない。自分が蒔いた種どころか、耕して育ててしまったがゆえの境遇とはいえ、彼女との別れは本当に辛いだろう。

だけど、これでいいんだとオレは思う。

そう自分に言い聞かせようとすると思う。

人より未練がましい醜態をさらすだろうけど、心の中では、これでいいんだ、と最後は思うはずだ。それなのに、もういいよって言葉の代わりに口から出たのは「なんで、こんなオレなんかに優しくしてくれんねん」という言葉だった。

その後に続く、もういいよって言葉は口にできず、いつまでも呑み込んだままだった。

「杏ちゃん、アホやろっ。好きやからに決まってるやんかっ。こんなんなっても……こんなんなっても、杏ちゃんのこと、好きやからにっ……」

ゆまの大きな二重まぶたの瞳は、アクリル板の向こうで、零れ落ちそうな涙であふれ返っていた。

「なんべんも忘れようとした。いっぱい、いっぱい傷ついた。みんなにもいっぱい、いっぱい怒られた。それでもゆまは……ゆまは杏ちゃんのこと、忘れられへんかった。まだ思い出にできへんかった。もう、杏ちゃんに何もしてあげることができへん。朝やからって、寝ぼすけな杏ちゃんを起こしてあげることも、杏ちゃんの好きなカラアゲを揚げてあげることも、ゆまにはもう何もしてあげられへん。でも、こうして杏ちゃんが生きてる間は、何もできへんくても、ゆまは杏ちゃんのこと、愛そうって…愛し抜こうって……」

その後は、涙で言葉にならなかった。

泣いているのは彼女だけではない。オレもありったけの涙を流していた。

こんなにも、オレのことを想ってくれる女性がいつも隣にいてくれたというのに、オレはその愛を信じることができず、一人で敷いた破滅のレールの上を突き進んでしまったのだ。もうその時点で、オレは救われないかもしれない。

生きている価値がないかもしれない。

第一章　開幕

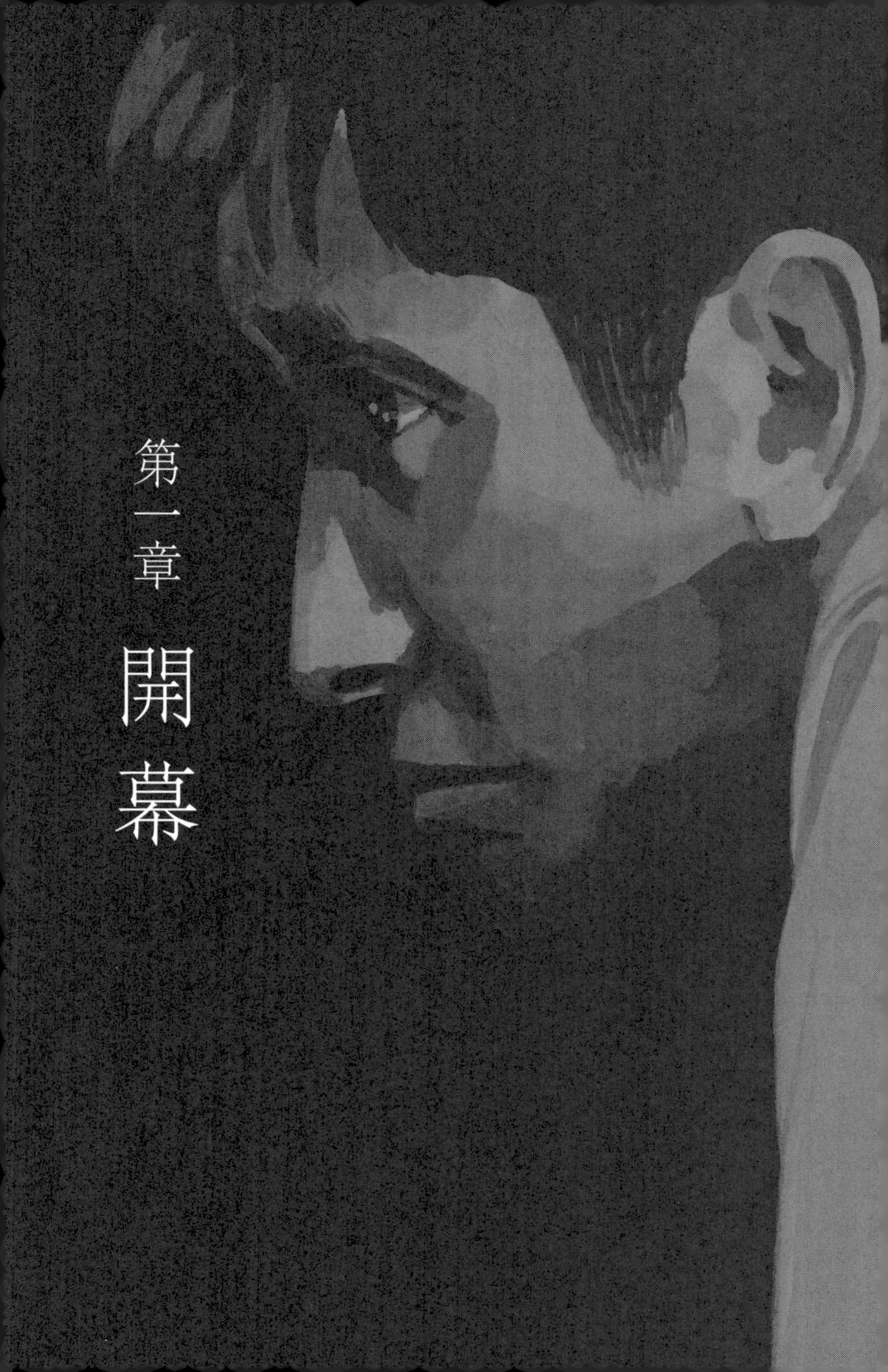

そのことに気がついたのは、絶望の港とも、別れの波止場とも、人々から揶揄されている四舎二階の無法地帯。通称「シニ棟」に送られて一ヶ月ほど経ってからだった。

もっともそれ以前から、この泥沼の底のような空間の中に、痛いほど張り詰める朝があることには気づいていた。

四方を壁が遮断しているので、自分の肉眼で他の者の動向を探ることはできない。が、その朝は、むき出しの便所しかない三畳一間に生息する死刑囚たちが息をひそめて全神経を房の外へ向ける。ただひたすら目前を走る一本の廊下からの音に神経を研ぎすましているのが、なぜだったのかわかった。

廊下を行き交う担当も、業務に追われていた当所執行の雑役も、死刑囚たちのただならぬ雰囲気に気遣い、足音を忍ばせているように感じられた。心なしかシニ棟に寄りつく雀のさえずりさえも、何やら気を使っているかのように感じたのは、オレの得意の幻聴か。

「はて」と思いながら、オレは面白くもおかしくもない小説をガリガリと書き殴りつつ、いつもの朝とは異なる雰囲気を全身で感じていた。

何か起こるのだろうか。

いつの間にか、わけもわからず、オレも息をひそめていた。どれくらい過ぎたのであろうか。離れの房からカタンッと報知器が叩かれたのを合図に、さっきまでの異様な静寂がサッと消え失せ、いつもの険のある声が各房から聞こえ始めた。それは聞き慣れた、いつもの無法地帯の音だった。

なんだったのだろうか。気のせいだったのか。

釈然としないまま、どこか引っかかるような違和感を覚えたが、翌日も、その翌々日も朝から担当を呼ぶ報知器がバンバンと叩かれ、担当や当所執行の雑役を捕まえては不平不満をわめき散らすという、いつも通りのにぎやかさに戻っていたので、オレはいつしかそんな朝があったことを忘れ去っていた。

天災は忘れた頃にやってくる——とは、よく聞く言葉だが、あれは本当だった。その朝は、オレが忘れ去るのを待っていたかのように、漆黒の闇から姿を現した。

死刑囚たる者、尋常じゃない精神状態で拘束されているので、病的なほどに神経が研ぎすまされている。ましてや死刑囚の皆が皆、オノレで勝手に作ったとはいえ、潜らなくてもいい修羅場を潜ってきたぶん、常人にはない第六感が働くのだ。その第六感がオレにこう告げてきた。

危ない、危ない、危ない、危ない、危ない、危ない、危ない……と。

張り詰めた空気の中で、オレは見えないけど、グロテスクな恐怖に取り憑かれていた。

何かが始まろうとしていた。

だが、しばらくすると何ごともなかったかのように、四舎二階のフロアはいつもの騒然たる様相を呈していた。確かに、何かが始まろうとしていたのは、気のせいではない。その〝何か〟とは、突き詰めていけば、立場が立場だけに嫌でも〝死〟へと導かれていくわけだが、はっきりとした確信を得ることができず、またいたずらに時が過ぎていったのだった。

そして、またなんの予告も前触れもなく、その朝がやってきた。今度は、忘れてはいなかった。毎朝、目覚めと同時に、「今日こそは」と身構えていたので、それがやってきたことにはすぐに気がついた。

時間にして、どれくらいだっただろうか。わずか一〇分ほどにも思えたし、一時間と言われれば、そうだった気がする。時間の感覚がまったくない。そして、この時も死刑囚を脅かすだけ脅かして、何ごともなかったかのように、それは漆黒の闇の中へ姿を消した。ただ、この時は初めての収穫があった。前回も今回と同様、〝それ〟が来たのは、金曜日の朝だった、ということだ。前回は、その後に、ゆまが面会に来てくれたので間違いない。確かにあれは金曜日の朝の出来事だった。

もしかして……とある可能性について、思い当たったオレはハッとした。そして、同時にゾッとなった。金曜日の朝に死刑が執行されると決まっているのではなかろうか。

オレがまだ死刑囚ではなく、ただの犯罪者だった頃、刑務所の中で、こんな本を読んだ記憶がある。なんでも死刑囚って奴は毎朝毎朝、お迎えの死神が訪ねてこないかと念仏を唱えながら怯え、その日の午前九時だったか、一〇時だったかまでに「お迎え」がなければ、翌日の朝まで生きながらえることができる、みたいなことが書いてあった。

さらに思い出した。死刑囚ばかり束ねて収容させているその舎房は四舎の二階にあり、語呂合わせで「シニ」と呼ばれているのだ、と。

ここなのか？　今、オレが暮らしている、ここのことなのか？

間違いない。あの本では「毎朝」と書かれていたが、実際は金曜日の朝に死刑執行の言い渡しがあり、その後、数時間もせぬうちに本人の承諾もないまま死刑が執行され、葬り去られる、というわけだ。それで、どの死刑囚の面々も金曜日の朝を迎えるたびに、殺されると怯えているのではないのか。

知識不足だから、正確かどうか定かではないが、オレが聞いた話ではなんでも全死刑囚の生殺与奪の権を握る法務大臣からの執行命令書が届くと、その日から五日以内に暗殺命令の出された狂人を黄泉へと旅立たせなくてはならない、と聞いたことがある。当然、刑務官も人の子、土日祝日に〝殺し〟をやるとは考えにくい。つまり、いつ指揮書が届けられても、金曜日に合わせて殺ることが可能ということになる。

そして、事件はやはり金曜日の朝に起こったのだった。その事件の幕が開けたのは、正確には前日の木曜日の夕刻。オレは勝手に終の棲家と思い込んでいた三畳一間と、向かい合わせに設置された一畳ほどのスペースの洗面所と、むき出しの便器を気分転換もかねて掃除していた。このオッさんは、オレが掃除を終えるのを待っていたのではなかろうか。

「伊丹、すまん、部屋替えるから、転房の準備してくれるか?」

そう言いながら、正担当のオヤジがマヌケな顔をのぞかせてきた。

「えええ〜っ、ホンマにゆうてんの? 今、ピッカピカに便器まで磨いたのに、転房したら、また掃除せなあかんやん」

ブウブウ文句をたれながら、オレは指定された房へと住居を移すことになった。移すといっても、廊下をほんの数メートル移動するだけで、房の中の作りもまったく同じ。三畳一間にむき出し便所、畳の擦り切れ具合も、便器の金具の錆びも、それまでの房と似たり寄ったりだった。

ただ、縁起の悪さだけはこの上ないものがあり、無駄に暗鬱な気分にさせられてしまった。それは、転房先の部屋番が「四二」房。つまり「シニ」と読めたからだ。

死に翻弄されまくっている死刑囚を四舎二階へとひとまとめにしやがった所長のセンスも笑えんが、転房先が四二房では「シニシニ」ではないか。そうでなくとも死刑囚にはジンクスを極端に担ぐ者が多いのだ。本来、この房は空房にしとくべきではなかろうか。まんじりともせぬまま朝を迎え、曜日は木曜日から金曜日へと切り替わった。

はっきり言って、この時のオレはタカを括っていた。どう考えてもオレを殺《や》るわけがないという根拠のない自信があった。時期尚早だと、オレにしてはえらく難しい四字熟語を駆使してインテリぶり、一人悦に入ったりしていた。

　死刑が確定してまだ一ヶ月が経過していない死刑囚を殺るなんて、ごくまれな特例か、もしくは法相に個人的恨みを猛烈に買ってしまった輩くらいしかあり得んだろうと、勝手に思い込んでいた。タカを括っていた理由はそれだけではない。

　いつ刑が執行されてもおかしくない身とはいえ、何も毎週、必ず誰かが処刑台に送られるわけではないのだ。統計なんて取ってないから詳しくはわからないが、年間通して葬り去られる死刑囚の数は、多い時でも六、七人ではあるまいか。中には一人も血祭りに上げられない年だってあると聞いたことがある。それを思えば、毎週必ずやってくる金曜日に、いちいちビクつかなくてもよろしい。オレは人一倍小心者のくせに、人一倍思い込みの強い、厚かましいところが昔からあった。

　それがいけなかったのだろう。人間謙虚さを忘れたらいかん。ましてや、オレは罪深き死刑囚だ。ビビるところで、しっかりビビって寿命を縮めておかないと、バチが当たるというもんだ。そのバチが当たったのか。その後、我が身に降りかかってきた悲劇は、一瞬にして我が人生哲学を覆してしまうほど強烈なインパクトのあるものだった。

　独特の恐怖に支配された空間の中で「オレって結構、勇気あるのと違う?」と一人意味不明な勘違いをしながら、他の死刑囚のように息を殺して廊下の気配をうかがうこともなく、ガリガリと救いがたい小説をノートに執筆していた。

〈愛しとる！　愛しとるゆうとったやンけ‼〉

過去の良き思い出にいつまでもしがみつき、主人公が見苦しい姿をさらしている場面を描写している時、突如として劇のクライマックスが訪れた。

どうせいつものように何ごともなく過ぎていくだろう、というオレの予想をあざ笑うように、冷たい廊下を遠慮することなく刻みつける大勢の足音がオレの鼓膜を不愉快に撫でた。オレは走らせていたボールペンを停止させ、足音へと耳をすませた。

足音が近づいて来ているのがわかる。それも大勢だ。心臓がキュッと縛りつけられた。大勢の足音は、まるでオレの房へと吸い寄せられているかのように、鳴りやむ気配がまったくない。

もしかして、もしかして、もしかして、オレを喰いに来ているのか？

足音が大きくなるにつれて、顔面が硬直していく。グングン近づいてくる足音。抜けかけていきそうな魂。大勢の足音はなんの躊躇もせずに、オレの房の前でピタリと停止した。心臓はすでに爆発しそうだった。いともたやすく房が解錠される。

「田代達也くんだね」

死刑囚に引導を渡す役目にあるため、「死神」と死刑囚から呼ばれ、人柄とは一切関係のないところで嫌われ、恐れられている主任看守が、ちょっと困った表情を作りながらオレに確認を求めてきた。

たつやくん……？　オレは、たつやくんだったのだろうか？

恐怖心が頂点に達すると、人は言葉を忘れてしまうということを、この時、初めて教えられた。できることなら、死ぬまで教えてもらいたくなかったけど……。それくらい、オレはビビり上げていた。

「ちょっとスリッパ持って出てきてくれるか」

辛気臭い顔面に、無理やり笑顔を貼りつけながら、死神が言葉巧みにオレを房からおび き出そうとしてきやがった。オレは壁に背中をくっつけていたというのに、必死に後退りしようと愚かにも背中で壁を押しながら、ぶるんぶるんと首を左右に振りまくって、拒否する意思を誠心誠意、訴えていた。

誠意が足りなかったのか、死神はいた仕方ない、という表情を作った後、少し演技がかった仕草でうしろにいた人間に何かを促した。死神の視線の先には、これまた役どころゆえに死刑囚から「青鬼」「赤鬼」と呼ばれている、全盛期のハルク・ホーガンとシルベスター・スタローンを彷彿とさせた鬼どもが死神と立ち位置を入れ替わり、乱入姿勢を整えた。その姿には、まったく交渉の余地すら見出せない。

この間、時間にしてどれくらいであっただろうか。文字通り息の根を止められかかっていたので、時間を気にする余裕などまったくなかった。もし、この時、誰も気づくことなく、ことが進んでいれば、もしかすれば「田代達也」の身代わりにされ、故人にされていたかもしれない。

オレがこの時、ちゃんと日本語さえしゃべれていれば、「ハァ⁉ 田代って誰でんの？ オレは伊丹でっせ！」の一言でことは解決していただろう。しかし、この時のオレはまるで日本語を忘れたにわかフランス人となっていた。オレはいつから田代家へと養子に出されたのだろう？ という当たり前の疑問もまったく湧き起こらず、正担当のオヤジの登場が、もうちょっとでも遅ければ、引っ張り回されて、引きずり回されて、ドツキ回されて、「あれっ、誰やねんお前？」的なオチをつけられるところだった。

フランス人と化したオレにとって、慌てふためいて飛んできてくれた正担当のオヤジは、まるで救世主、そうメシアに映った。ボンジュール！

「しゅ、しゅいましぇ〜ん‼」

メシアにしては至極、頼りない声だったけれど、それでも日本語を堪能に使いこなしてくれるのは心強い。メシアの耳打ちに、死神はサッと血の気を引かせたかと思うと、今度は沸騰しかけるほど顔を赤らめ、その顔をブルブル震わせながらメシアに向かって、こんな大それた言葉を投げつけた。

「この大バカもんっ‼」

メシアに対してなんたる愚行、なんたる冒涜。おお、神よ、この愚かな死神を許し給え。

死神とメシアのやり取りを聞いていると、なんでもメシアは下僕のワタクシめを前日に転房させていたのに、台帳に記載するのをうっかり失念していたらしい。

この大バカもんっ、オノレのおかげで、ただでさえ短い寿命をさらに縮められるところだっただろうが――と正常にすべてのオレの脳が機能していれば、間違いなくこう叫んでいただろうが、この時のオレは怒りすら湧いてこなかった。

めったに、四舎二階に寄りつこうとしない、本当の意味での所内の神、所長までもが謝罪へとやってきて、平謝りしてきたけど、この直後に起きた地獄絵図を目の当たりにしてしまったために、本来なら「謝って済むかっ！」となるところが、謝って済んでしまった。放心状態も、なんちゃってフランス人も、いっぺんに吹き飛んでしまうほど、その後に起きた戦慄は、オレを心底、恐怖でわななかせてくれたのだった。間違われてしまったことも十分、ショッキングだったけれど、おそらく〝本命〟の田代は、それどころじゃなかったであろう。

オレを殺り損ねたからといって、今日は日が悪い、別の日にするか、とは決してならないのが日本の死刑制度であり、日本の役人なのだ。田代には「ご愁傷様」としか言いようがないが、一度ターゲットとして狙われた命は確実に挙げられる。ヒットマンのチャカより、安い金で殺しを請け負う福建省の青龍刀より、確実にプロジェクトを遂行してくれる。仕事の完璧さではゴルゴすら敵わないであろう。

縮み上がらせるだけ縮み上がらせてくれた人騒がせな暗殺部隊は、真のターゲットである田代の魂を奪い去りに出かけていった。出かけるといっても死刑囚は皆同じ舎列に並べられているので、今度は間違うことなく田代邸の鉄扉をノックした。田代の絶叫は、空間を揺るがすほど凄まじかった。声も出なかったフランス人の誰かさんとは大違いである。半狂乱となって声を必死に絞り出し、暗殺部隊にたった一人で抗っているのが見えなくてもわかった。

小机で殴りつけたような激突音。

絶叫を途切れさせるほどの炸裂音。

肉を打ちつける鈍音。

ハルクとスタローンが良い仕事をしているのだろう。派手な音が上がるたびに、田代のくぐもった短い濁音が必ず漏れた。時間にしてわずか数分の出来事だったが、フロア全体を支配した一連の騒音に、オレは呑み込まれてしまい、歯の根すら合わすことができなかった。寝袋のような拘束着にすっぽり身を包まれ、人間神輿と変わり果てた田代が視察孔から覗くオレの目前を通過していき、死刑囚から「開かずの間」と呼ばれている南側の鉄扉の向こう側に吸い込まれていった。

先ほどまでの喧騒がまるで過ぎ去りし悪夢のように、重苦しい沈黙となって広がっていく。南側の鉄扉に吸い込まれていった田代は、もう二度と四舎二階に戻ってくることはなかった。オレは嫌でも現実と向き合うことになった。すべての現実はここにある。廊下の南側。田代が吸い込まれていった扉を一度くぐれば、もう二度とこっちの世界に戻ることはできない。

田代は一時間もせぬうちに刑の執行を終え、社会復帰を果たしていることだろう。白い骨と変わり果てて……。静まり返ったフロアには、田代の断末魔の叫びが怨念となって、いつまでも彷徨い続けていた。

その日からオレはシャドーボクシングを取り入れながら、筋トレに励みまくった。無駄な抵抗――そんなことは言われなくてもわかっている。だが、そうでもして気持ちを落ち着かせないことには、いても立ってもいられなかった。逃げ出せるものなら、とっくの昔にケツをまくって逃げ出している。泣いて許してもらえるならば、とうの昔に泣きわめいている。だが、逃げ出すことも許してもらえることも叶わぬ今、戦い続けて生きていくしかなかった。それが無駄な抵抗だったとしても……。

それからもうひとつ。二度と「まだ大丈夫」などと不謹慎にタカを括ってみせることなく、これから毎週金曜日の朝にはキッチリ縮み上がることをかたく心に誓ったのだった。

第二章 追憶

1

この時のオレは、まだ四舎二階に送られていない。始まったばかりの一審は、どう転がっても死刑判決を回避することは不可能という状況だったけれど、それでも裁判は一応、審理中だった。

疑い深いオレは、もしや罠かと疑った。本になるという。何が？　オレが書いて、出版社に送りつけた小説が、だ。これが罠でなくて、何が罠か。もしくは新手の詐欺とも考えられた。しかし、棺の中に片足どころか、すっぽり両足まで入り込んでいる終焉間際のオレにシノギをかけたとしても、生命保険すら下りやしない。詐欺に引っかけても、なんのメリットすらないので、この線はナシだな、と納得しそうになったけど、詐欺にすら引っかけてもらえない我が身を省みて、少ししんみりしてしまった。

はっ！　もしや、お先真っ暗な我が人生。自業自得のなれの果てとはいえ、それではあまりにも哀れではないかと考えた、ゆまの自作自演ではなかろうか。そもそも、あんな駄文が本になるなんて、どう考えてもおかしい。ましてや残り乏しくなった我が人生に、そんな大どんでん返しが残っているなんて、信じろというほうが無理である。なのに、何度読み返しても、ゆまからの手紙にはこう書かれていた。

――すごい！　すごい！　すごいよ、杏ちゃん！　今日、出版社のサイトウさんって人から電話があって、杏ちゃんの小説を本にしたいって！

　確かに書き上がった原稿を読み直した時には、「やってしまった。また一人、獄中から作家が誕生してしまった」と感慨にふけったことは事実ではあるのだが、自ら退場の道を選んだ現世に、そんな都合の良い話など本当に残っているのか。

　編集者の名前はサイトウさんというらしい。なんて素晴らしいお名前であろうか。オレは、まだ見ぬサイトウさんを思い、しばしうっとりとしてしまった。違いのわかる編集者サイトウさんのおかげで、湧いてはいけないのだけれど、生きる希望すら湧いてしまった。


　わかっていた。あらためて言われなくても、わかっていた。

けれど、公の場で「死刑」という言葉の響きを聞かされると、愕然とせずにはいられなかった。判決の話ではない。検察側からの論告求刑の話だ。だから、この時はまだ、一縷の望みはあった。限りなくゼロに近いとはいえ、まだゼロではなかった。とは言っても、死刑以外の判決が用意されていないことは、ショボくれた国選弁護人の先生にわざわざ教えていただかなくてもわかっていた。

　ふと思うことがある。これから司法の裁きを受け、その後、司法の手にかけられ、殺されてしまうことが何か悪い冗談ではないか、と。何も罪の意識がない、というのではない。人道を逸れ、取り返しのつかないことをしてしまったというのは誰よりも自分自身が一番わかっているつもりだ。だけど、現実味がないのだ。

自分という一個の人格が、これまで漠然とイメージしてきた凶悪犯とは、かけ離れているような気がしてならなかったのだ。

死刑囚になろうとしていることも信じられなかったけれど、この獄中で書き殴った能書きが本となって世に出るということも、同じレベルくらい信じられなかった。


違いのわかる編集者は、サイトウさんではなく実は、佐藤さんだった。

その佐藤さんのおかげで、夏に決まった出版の話はトントン拍子で進んでいき、秋を越えて､冬には全国の書店に並ぶことになってしまった。それは、なんだか不思議な気分だった。自分が自分でないような気分だった。

オレはへそ曲がりの天邪鬼だけど、その反面、もの凄く周囲の人の態度を気にする性分なので、自分がみんなから嫌われていることも知っていた。この性格が災いして、人に誤解されてしまうことも多かったと思う。

だから同情してくれ、というのではない。人付き合いが上手くない、というだけの話だ。

それも、それでオレの個性だし、自分のひたむきさとか、優しさとか、真っ直ぐな想いとか、そんなものは自分自身さえしっかりとわかっていれば、それでいいと言い聞かせて生きてきた。だけど、こうなってしまって、大勢の人々から憎まれ、恨まれ、嫌われるような立場になった今、このまま多くの人たちに望まれて死んでいくのか、と思うと、オレは一体なんのために生まれてきたのだろうか、とそう思わずにはいられなかった。

嫌われるために生まれてきたのだろうか、憎まれることを望んでいたのだろうか。決してそうじゃなかった。三人もの人の命を、この手で奪っておいて言えることなど何もないが、オレはそんなに悪い奴じゃないんだって、オレはそんなにおかしな人間じゃないんだって、みんなにわかって欲しかった。

せめて、オレと同じ時間を共有していたことのある人たちだけには、わかってもらいたかった。オレを憎むのも、嫌うのも、思い出から削除してしまうことをやめて欲しかった。今さら、惜しまれて死ぬことはできなくとも、せめてオレの訃報を聞いた時に笑うのだけはやめて欲しかった。オレの言っていることは実に見苦しい。だけど、それがオレの正直な気持ちだった。

『伊丹のやってしまったことは、人として許されることではない。死をもって贖うしかないだろう。死刑も当然で、それを逃れることなんて決してできやしない。でも、それはそれとして、伊丹にはこんなにも純真で、真っ直ぐな面があったのもまた事実だ。その事実が、伊丹の死を哀しくさせてしまう』

ムシのいい話だとわかっていたが、読んでくれた人にそう思ってもらいたかった。今まで上手く表に出せなかった部分を、少しでもわかってもらえれば、オレは最後に救われる、そんな気がした。

そして、奇跡は佐藤さんの手によって叶えられた。たった一人の母にも、オレみたいなどうしようもない奴のことを愛してくれているゆまにも、オレをライバルと思っているゆきちにも、よかったと。上手く言えないけど、よかったと思わせることができたかもしれない。それほどの反響があった。オレの減刑を求めて、署名運動まで行われた。死刑制度の廃止運動の声にも拍車がかかり、世論が耳を傾けた。

生まれて初めて頑張った。

生まれて初めて報われた。

でも、小説を書かなければ、哀しい話を聞かずに死ぬことができたのも事実だった。どちらのほうが良かったのだろう？　今はまだ、わからなかった。

ちょうど論告求刑を言い渡された翌日だったと思う。中学校の同級生だった市川ひかのファンレターなる手紙を受け取ったのは・・・。

2

伊丹杏樹へ
はっきり言って、伊丹に手紙書くのは、どうしようか迷った。

だって、牢屋から抜け出してきて、シバかれたら困るから、ちょっと怖かったけど、あんたに一言、言わずには死にきれんっ！　と思いペンをとりました。

ちょっとあんたっ！

あんたの本に出てくる「ピカ」って、モロあたしのコトやんか！

カーッと顔が赤くなるのと同時に、本を持つ手はワナワナと震えました（怒）。えらく自分を美化した小説になっていたけれど、いつ、あたしが、あんたに、フラれたのよ！

男のクセに未練タラタラで、しつこく電話かけてきたクセに！

なんか、あんたのほうがえらくカッコイイから、びっくりしたわ！（ストーカーのはしりのクセに！）。

ちょっと、あんた、笑ってへんやろね！　直接、モンクを言えないのが、無念で仕方ない（少し怖いけど……）。

あんた、ホンマに何、考えてんの！　なんであんなコトしたん！　こんなにも人を感動させるコトができるのに、なんであんたは、こうなってしまったの！

本読んで、あんたがあたしの知ってる伊丹のまんまで、あんたが昔と変わってなくて、あたしが好きやった中学の時のままのあんたやったから、不覚にも泣いてもうたやろ！

あほ‼

P.S.　あたしだって、がんばってんねんから、あんたも男やったら、最後までがんばってみせえや！

これを俗にいうファンレターと呼ぶことができるのだろうか。ファンレターというよりもクレームと言ったほうがピッタリとはまる。市川ひかからのクレームは編集部へと送りつけられ、佐藤さん経由で、オレの手もとへとやってきたのだった。

手紙には、こちらの安否うかがいもなければ、近況報告も一切なかったけれど、逆にそれが、ひからしかった。強い筆圧も、オレの覚えている、あの頃のままだった。三十一年という人生が長いか短いかわからないが、人生の中でオレとひかが関わったのは中学三年生の時と、その次の年の二年間だけだった。

歳を重ねるにつれ、一年一年の重み、時の流れの速度は変わってくるが、あの頃の一瞬、一瞬には、今にない心揺さぶるものが、至るところで輝いていた。まだ世の中の広さを知らない少年少女たちは、今見ているものが世界のすべてで、その時間が永遠に続くと錯覚していたように思う。

ひかがオレの小説を読んでくれたのか。くすぐったいような、こっぱずかしいような、複雑な気分だった。同級生だから、あいつもすっかりおばちゃんになっているはずだが、オレの記憶の中のひかは、いつまでも最後に別れた十六歳のままで色褪せることなく、

「ちょっと、あんたっ！」

と口を尖らせて、オレを叱っていた。オレはひかからの手紙をもう一度読み返した。

3

文化祭の時だったから一一月だろう。今より一一月という月が、もっと寒く感じたように思う。中学三年生の秋。オレの所属する三年六組のクラスメートたちは、約一名を除いて一致団結し、合唱コンクールで優勝するために燃えていた。

もちろん除かれた約一名とは他でもないオレである。

オレは、ことあるごとに女子の中心人物である、関西人でありながらチャキチャキの江戸っ子娘、ひかに素行の悪さを咎められていた。

「あんたは、なんでフラフラ、ヨソのクラス行ってアブラ売っててんのよっ！」

と言われた通り、ヨソのクラスで劇の出しものの練習を冷やかしているところを、ひかに発見されては、叱られていた。

修学旅行の前日、運動会の練習、壁新聞の製作、どれも日常とは少し違う、その雰囲気が好きだったけれど、その中でも文化祭の準備をして夜遅くまで学校に残っていた時間が、たまらなく好きだった。この空間の中にいると、みんなのことまでも、どうしようもなく

好きになれた。普段、口をきくことすらないクラスメイトのしょぼい生徒とまで距離がグッと縮まり、

「なんでやねん、伊丹っ！」

とツッコまれても、笑って許せる空気がそこにあった。

「イエーイッ！　伊丹と市川に決定っ！」

「な、何が決定やねん。アホぬかせ！　やり直しじゃ、んなもん」

オレは、はしゃぐクラスメイトに反発した。

三年六組のベストカップルがオレとひかなら、憎まれ口を叩きつつも、内心ほくそ笑むところだが、秋とはいえ、夕暮れ時はちょっぴり寒いこの時期。何が悲しくて放課後に焼却炉までゴミを捨てに行かなければならんというのだ。

「あかんで！　伊丹がアミダにしようってゆうたんやんかっ！」

オレの撤回を求める声を、ピシャリとはねつける女子たち。アミダにしよう、などと言いよった数分前の自分が恨めしかった。

「ちょっと、あんた！　ゴミ箱くらいちゃんと持ちいよっ！」

「だって、重いもん」

「重いって、あんた男やろっ！」

ところどころで、ひかからきつい叱責をちょうだいしながら、しぶしぶ焼却炉へと歩い

ていった。

「あんたさ、これからどうすんの？」

オレにしゃべりかける時のひかは、もうそれがくせになってしまったように、いつも口を尖らせていた。

この時もオレは、また怒られるのかと思った。

背なんか、俺の肩くらいしかないし、ゴボウみたいに痩せていて、吹けば飛んでいってしまいそうなひかだったけど、気持ちだけは本当に強かった。

「どうするって、ちゃんとゴミ捨てるやん」

ひかの詰問に対して、オレは的外れな解答をしてしまったらしく、少し吊り上がった綺麗な二重まぶたでキッと睨まれた後、やっぱり怒られてしまった。

「ちゃうやんかっ！　高校行くか、働くか、それとも落ちぶれていくかって聞いてんのっ！」

できることなら、落ちぶれていきたくはない。ひかの言葉通り、中学三年生の秋を迎えたオレたちは、もうそろそろ次の場所へと進む準備をしなければならなかった。

「別に、なんも考えてへんけど、なんでやねん？」

ひかは、オレの答えにちょっと口を尖らせて、冷たい秋風に真っ白な頬を赤く染めながら、

「まだ、頑張ったら、高校行けるんと違うん？　伊丹やったら、カンニングとか得意そうやから、いけるんと違うん？　北高、頑張って受けたらいいのに……。あ、そうやっ！　カンニングしたらいいねんっ！」

北高とは、学区内にある公立高校で、オレたちの通う中学校の三分の二の生徒が進学する高校だった。

「ハッハハハ、なんでカンニングやねん」

「アホやから仕方ないやんかっ！」

間髪入れずに、また怒られてしまった。アホにアホとは身も蓋もないが、こんな難しい年頃の娘さんを持って親御さんもさぞかし大変であろう。その苦労がしのばれた。

「あっ！　焚火やってる！」

女心と秋の空。ひかの喜怒哀楽はコロコロと入れ替わった。焼却炉の前で、用務員のオッサンが落ち葉を燃やしているのを発見すると、キャッキャッ言いながら焚火へと駆けていった。二人で持っていたゴミ箱の手をひかが急に離したので、したたかにスネをぶつけた後、しっかりそこからはオレ一人でゴミ箱を持たされた。

「ちょうどエエところに来よったな～」

用務員のオッサンはノンビリ言いながら、オレとひかを歓迎してくれた。この不良オヤジ、酒を呑んでおったなと、もろにわかる酒の臭いを白く濁った息に混じらせた。そして、オッサンは焚火の中からホッカホカの焼き芋を一本取り出すと半分に割り、オレとひかに分けてくれた。二人でホクホク言いながら焼き芋を頬張った。

焼き芋を頬張るひかの笑顔が嬉しくて、オレも笑顔で頬張った。いつもは、近過ぎてそこまで考えたことはなかったけれど､ひかの笑顔を見て笑顔になっている自分に気がつき、あぁオレはこの子のことが好きなんだな、と思った。

なんだか二人だけの秘密ができたみたいだった。

なぜさっき、ひかはカンニングしてでもオレに北高に進学しろと言ったのだろうか。ひかが北高に進学するなら、オレもカンニングしてでも北高に行ってやろうかな。

気の早い一番星が暗みかかった空で瞬いていた。

4

「なんでヘンケイ履いてったらあかんねん。無理やっちゅうねん！」

「髪も黒に染め直さな、文化祭出させへんやて?」

「オレのパンチなんか、坊主にせえいいよったぞ！」

文化祭の前日。オレをはじめ、将来、その中から「本職」へと進む四人を含めたバカヤロウ八人は、生徒相談室に呼び出され、校内指定の制服と、校則にのっとった髪型でなければ文化祭の舞台に上げてやらんと教師たちから告げられたのだった。

普段は、教師たちからとうの昔に見捨てられていたおかげで口酸っぱく言われることもなかったが、ＰＴＡや来賓がくるとなると教師たちは体裁を気にして、いつもこうやってうんざりするようなことを言ってきやがる。

「別に頼まれても、出たるかっゅうねんなっ」

後年、兄弟分としてずっと付き合いが続くことになる龍ちゃんの意見が大半で、誰一人言われた通りにしようとする者はいなかった。

オレにしてもそうだった。放課後になって、クラスの女子から、

「なあ伊丹、最後やねんから、みんな一緒に揃って出ようやっ」

と諭されたけれど、オレは頑なに拒否し続けた。オレに関しては小姑並みに口うるさいひかだったが、不思議とそのことに関しては何も言ってこず、淡々としているふうに見えた。

最後の練習は、本番を想定して体育館で行われた。

「一組だけには絶対、絶対負けられんけんからなっ」

と、学年主任率いる一組を猛烈に意識したバタやんが、録音用のラジカセ持参で臨むという張りきりぶりだった。

「じゃ、スイッチを押すぞ」

　バタヤンがラジカセの録音ボタンを押した瞬間に、バカがバカなことを言ったりした。

「コレ、もう入ってんの？　イエーッイーッ！」

　どこにでも、こういうおっちょこちょいのバカが必ずいるもんだ。

「もお〜っ！　伊丹っ！　しゃべったらいかんやろっ！」

　そう、オレだった。ピアノが指揮者に合わせて奏でられ、三年六組の歌声がデッキの中に吸い込まれていった。


　翌日、教室の中からは、文化祭の注意事項を説明するバタヤンの張りきった声が、廊下にまで漏れていた。オレはモジモジしながら、次第にオノレの早まった行動を後悔し始めていた。モジモジしているうちにバタヤンの話は終わっていたらしく、クラスメイトたちが、体育館へと移動するために一斉に廊下へと飛び出してきた。

　一番、最初に飛び出してきたひかはオレを認めると、早速、遅刻したことをなじろうと息巻きかけたが、いつもと違うオレの姿に気がついて、可愛い顔を驚かせた。次々に飛び出してきたクラスメイトたちも、オレを見ると、ひかと同じ顔を作った。

「どしたんっ⁉　伊丹っ」

　誰が言った言葉か覚えていないけれど、オレは照れくさくて、金パツから黒色に染め直した髪の毛を掻きながら、

「決める時は、いつでも決める男やねん。オレって奴はっ……」

と、格好つけて恥ずかしさを誤魔化した。髪をストレートにして、色を黒に染め、ちんちくりんの学生服を着て、学校に来ただけでこんなにも喜ばれては、なんだか申しわけないと気が引けてしまうほど、みんなが騒ぎ立ててくれた。その中でただ一人、淋しそうというか半ベソをかきかけている者がいた。担任のバタヤンだった。

この頃から、疑心暗鬼の才をいかんなく発揮させていたオレは、ドナドナのようなバタヤンの顔をこう読んだ。

——コヤツはオレの歌唱力に疑問を持っておるのだな。それで、オレが出ぬほうが良い成績を出せるんじゃないか、オレが足を引っ張るんじゃないか、と心配しておるのだな。だから、こんな辛気臭い顔をしておるのだ、と。

「ちょっと、伊丹、来てくれるか」

「先生、何も心配するな。この伊丹って男は、決める時に決めてみせるナイスガイや。先生はなんも心配せんと、涙を流す準備だけしとったらええっ」

オレのシブいセリフにもバタヤンは、「そうか、そうか」と言いながらも、ドナドナ顔を崩すことなく、なぜかオレを保健室へと連れていった。

保健室には、バタヤンが行事ごとに異様なほどライバル意識をたぎらせる学年主任、オレたちのグループからは「兄貴」と慕われているサトシの兄貴が、お茶をすすり、丸椅子に腰を落ち着かせていた。

サトシの兄貴の顔も、オレを見た瞬間に、ドナドナに変わってしまった。そのせいだろうか。このオッサンも三年という月日の間に、ずいぶんと白髪を増やし、えらくこじんまりしたようにオレには映った。

入学したての頃、このオッサンには散々ドッキ回され、オッサンが「ダメだ、こりゃ」と諦めてくれるまで、何度、頭だって青光りに刈られたことか。野球部の顧問というだけの理由で、卓球部に在籍していたオレを無理やりに野球部へ入れたりもしよった。

そんなオッサンの面影も消え失せ、茶をすするサトシの兄貴の表情には、哀愁さえ漂っていた。

「お、おう伊丹、中学生らしい格好になっとるやないかっ……」

驚き方にもどこか無理があった。それでも褒められると嬉しいもので、

「まあね。オレはやる時には、やる男やねん」

と、さっきと同じようなセリフを使って、胸を張った。

「それに比べて、ウチの龍一だけは……」

と愚痴を聞かされているところに、違う教師がノックとともに顔をのぞかせた。

「来られました」

その教師の声に頷いたサトシの兄貴は、オレの肩を二度ほど叩き、意味不明な激励を口

にした。もっとも、この激励の意図するところは、すぐに理解できたのだけれども。

「ええか、伊丹。身体には気をつけないかんぞ。ハタ先生も伊丹が戻ってくるのをずっと待ってるからなっ。伊丹は、まだまだこれからやねんから、なんぼでもやり直せる。今回のことで投げやりになったり、諦めたりしたらいかんぞっ」

「へっ?」

キョトンとしていたオレは、その後に保健室に雪崩れ込むように入ってきた、目つきのすこぶる悪いスーツ姿に運動靴の二人組を見て、すべてを理解した。

とんだすっとこどっこい。ドナドナは、バタヤンでもサトシの兄貴でもなく、実はオレだった。すっかり馴染みとなっていた少年課の刑事二人に拐かされるように連行され、門前につけられていた覆面パトカーに乗せられた。車中、年配の刑事のほうから、

「なんやお前、ちょっと見ん間に、えらい辛気臭い格好しとるやんけっ。やめとけ、やめとけ、これからネンショウ行かないかんのにナメられてまうど」

と、どうでもいいような口調で諭された。だから、普段せんようなことするから、こうなってまうねん、と自分自身に腹が立って仕方なかった。

何が決める時は決める男だ。おかげさまでこのまま、文化祭どころか卒業式にさえ出してもらえなかった。

5

「静かにしろおぅ！」

　たぶんバタヤンは、騒ぎ立てるクラスメイトたちに、いつものように癇癪玉を爆発させ、発狂していることだろう。

「何度も言うが、明日の卒業式では、名前を呼ばれたら大きな声で返事をするんだぞ。もしも声が小さかったり、元気がなければ、何度でもやり直しさせるぞぉ」

　バタヤンは、こういうことを言いかねないし、こういうことをやりかねない。そして、男子と女子の全員が、

「ええええっっっー！」

　と、声を合わせたはずだ。オレはこの時、農作業と称して少年院で芋掘りを強制させられていたので、この場面には存在しない。後日、伝え聞いた話で、いつしかオレの記憶の中では、この空間に存在していたかのように、このシーンを甦らせることができるようになっていた。

「それからもうひとつ。君たちの大切な仲間、伊丹から今日、君たちに手紙が届きました」

「うそぉ！　読んで読んでぇっ！」

　と、クラスメイトたちが言ってくれたと聞いているが、信じてよかろうな。

「今、伊丹は一日でも早く社会復帰できるように、真面目に少年院で頑張っている、と思う、いや、頑張っているはずだっ！」

バタヤンの歯切れの悪さは、オレの手紙のせいだろう。

三年六組のゆかいな男子、女子たちへ

タバコすいて～。

こんなコトを書くと、また少年院の教官に腕立て伏せさせられるわ。意味わからんやろ？すまん、愚痴から入ってしまった。みんな、元気でやっとるかね。

オレは元気でもないのに、無駄にスクワット二百回だの、拳立て伏せ百回だの、一五〇〇メートルを五分切れだの、まるでどこかの独裁国のオリンピック候補生のような虎の穴の日々を強いられています。おかげで無意味にもムキムキになって仕方ないよ。

だから、みんなも万引きはバレずに、上手くやって欲しい、と願う。

さて、まだ中学生のぼくたち、お嬢さんたち。

先日、ここに校長とサトシの兄貴とバタヤンが来てくれ、お兄様は侘びしさ募る卒業式を無事とり行いました。別の意味で、涙なしには語れぬ式となりました。

ホンマやったら、その後にお礼参りや、景気良く校舎の窓ガラスを割って回りたいところでしたが、それも叶わず味気なさが今も心に残っています。

できたら、そんな哀れなオレの代わりに、ぜひみんなには派手にガラスを割り倒してもらいたいものです。嘘です。ごめんなさい。こんなんゆうてたら、ハタチになるまで出してもらわれへんようなるわ（笑）

真面目な話な。オレはこの一年、あっ一年もなかったか。細かく言うと七ヶ月やな。オレはこの七ヶ月、みんなと机を並べ、同じ時間を共有できて、凄く良かったと思っています。最後にみんなと同じ場所から飛び立たれへんのは残念やけど、思い出はいつでも記憶の中にあるから何も淋しくないしな。

オレは、君たちと過ごした時間、そして君たち一人一人のことを忘れへんから、君たちも伊丹杏樹という素敵なナイスガイがいたコトを忘れんように——って、なんで上からやねん、てか。そうゆうな（笑）。まぁ、元気でなっ。次はシャバで逢おうぜ！

追伸　くれぐれも、同窓会はオレに隠れてやらないように！

なんて手紙だ。バタヤンが怒っているのではない。オレが回想して、びっくりしとるのだ。よくこんな手紙が少年院から世へと出されたものだ。よほど、この時の手紙の検閲官が懐の広い人だったか、もしくはいいかげんだったかの、たぶん後者だろう。それにしても、まあひどい内容だ。よくこんなんで一年もせぬうちに仮退院できたものだ。若さとは、本当に怖いもの知らずである。同時に素晴らしいものでもある。

というのも、この手紙を読み聞いたクラスメイトたちが感動の渦に包まれたというのだから。青春とか、純情とか、大人になるにしたがって青クサイと誰もが鼻で笑うが、本当はいつまでも大切にしなければならない感情ではないのだろうか。死ぬ間際の今になって、そう思うようになってきた。

この時、ひかはワンワンと泣き出してしまったらしい。

もちろん後年、本人に確認を取ってみたところ、最後まで「へっ？ 覚えてへんっ」と認めようとはしなかったが。もしも、時を戻せるなら、この頃に戻って、もう一度、なんにも怯えることなく心から笑ってみたかった。

翌日の卒業式では、空席のはずのオレの名前をバタヤンが読み上げ、クラスメイト全員で返事をしてくれたと母から少年院の面会室で聞かされたのだった。

6

散々迷った挙句、やっと書き上げた返事だったけれど、出すものか出さぬものか、また迷わずにはおれなかった。返事が欲しければ「返事を下さい」と一言書き添えるだけでことは足りる。だが、何度読み直しても、ひかからの手紙には、そんな言葉はなかった。

返事が要らなければ、迷惑ならば、ひかの性格からして、「忙しいと思うし、返事は気にしやんといてね」なんて生易しいもの言いではなく、ズバリ「はっきり言って、返事は迷惑だからやめてよね」と、きっぱり書くはずである。

　あれから、ひかとはずいぶんと逢っていないが、手紙を読む限り、オレに対してのスタンスは当時とあまり変わっていないことがひしひしとうかがえた。

　大人の事情、暗黙の了解として、ただ気持ちだけを伝えたい、もしくは、ひかからの手紙に書かれてあったように、言わなければ気が済まない、というだけの場合、住所を記さないという技がある。だけど、ひかの手紙には、しっかりと住所が記されているのだ。

　ならば、返事を書いても差し支えなかろう、と判断できるのだが、ここに問題があった。記されている住所が、この拘置所の近所の県立病院なのだ。ひかの住まいが県立病院になったとは考えにくいので、なんらかの病気、もしくは事故で入院してると考えるのが妥当な線なのだけれど、もしかすると遠回しに「必要以上に関わるのは勘弁よ」というサインだとも取れなくはない。

　誘っていただくことはなかったので終生、合コンなる聖域へ参加することがなかったけれど、聞いたことがある。その場で女子のほうから教えてもらった番号に後日かけてみると、実は関西電気保安協会だった、なんてパターンを。病院と関電。これは、それに非常に類似したパターンじゃなかろうか。

　そんなことを、あれこれ考えているうちに、だんだんと考えることが面倒になってきたオレはその場しのぎの、要するに悪質な合コンパターンなら、出した手紙がそのまま送り返されてくるだろう。それならそれでいいじゃないか、といった気分で手紙を出すことにした。

結局、宛先人不明で戻ってくることはなかったが、ひか本人から返事が届くことも永遠になかった。

次第に、ひかに手紙を書いた記憶も薄れていったクリスマスイヴの前日。街の賑わいとは裏腹に、オレの一審の判決も明日に迫っていた。「クリスマスイヴに死刑を言い渡されるのもオレの人生にお似合いやなっ」なんてことをすっかり板についた辛気臭い顔で思っていると、シャバからその手紙は届けられた。

それは、哀しい手紙だった。

拝復

お手紙、大変有り難く拝見させて頂きました。

と、申しましても、私は拝見させて頂いておりません。

突然、このような内容の手紙を宛てさせて頂きますことに驚かれているでしょうが、どうかお赦し下さい。どうしても伊丹様に御礼をお伝えさせて頂きたく、失礼を顧みず筆を執った次第であります。

初めまして、伊丹様。

私は、ひかの父で御座います。

私たち夫婦にとって、ひかは遅くに授かった子で、一人娘だったせいもあって甘えたい放題、甘やかして参りましたので、伊丹様の御著作に登場しておりました「ピカ」そのままのお転婆ぶりで御座いました。手を焼いたこともあります。思春期には、まるで腫れものにでも触るように気を使い、妻と二人、育て方を間違ってしまったのかと話し合ったことさえありました。

それでも、親の贔屓目ではありますが、人の道に逸れたりすることなく、正義感だけは人一倍強い子に育ってくれ、私たち夫婦にとっては申し分のない娘だったのです。その娘が、まさか白血病に侵され、親よりも早く逝こうとは夢々思っておりませんでした。

数年にも及ぶ闘病生活で、いつの間にか娘からは笑顔は消え失せ、弱音ばかりを吐くようになっていったのです。私は、そんな娘を叱ってしまいました。

「そんな弱気でどうするんだ！　病気なんかに負けてどうするんだ！」

涙を零しながら私は娘を叱りつけました。娘には花嫁衣装を着させてやることも叶わず、こんなにも娘が苦しんでいるというのに、見守ることしかできない自分自身の無力さを何度も嘆きました。代われるものなら代わってやりたいと何度思ったことか。

娘が一体、何をしたんだ、と神様さえ恨みました。もう昔の、眩し過ぎるほどの、明るくて勝ち気な娘の姿を見ることはできないのだろうか、と私も妻も諦めておりました。

それが、伊丹様の御著作を読んでからというもの、まるであの頃の勝ち気で、自分が何よりも正しいとでも言いたげな娘が帰ってきたように元気を取り戻していったのです。

気を悪くしないで聞いてやって下さい。

「誰がピカやねんっ！　へんなあだ名勝手につけて、世の中にまで公表して！　一体、あのバカは何考えてんのよっ！」

一人で、ぶつぶつ言っては、何度も何度も御著作を読み返しておったのです。――へそ曲がりですから、素直に嬉しいとは言えないのです。

ですが、それが本当の娘の姿であり、最期の最期になってその娘にもう一度逢えたことで、どれだけ私も妻も救われたことか。伊丹様に、一言御礼を申さずにはおれませんでした。

臨終の朦朧とした意識の中で、妻が「ひかちゃん、わかる？　伊丹君から手紙が届いたのよ！　ひかちゃん、わかる？」と問いかけると、娘ははっきりとうなずき、私の手を力強く握り返してきたのです。それが、娘の三十一年間、一生懸命駆け抜けてきた最期でした。

お恥ずかしい話、私も妻も学歴がなく、あまり本に触れる機会を持ちませんでしたが、これほどまでに言葉というのは凄い力を持つのだということを、この歳になって教えられました。

伊丹様、有難う存じました。

伊丹様のおかげで、柔らかな冬の日。娘は安らかに天に召されることができました。ただ、この気持ちだけをお伝えさせて頂きたく、長々と綴ってしまったことをお赦し下さい。

厳しい寒さが続きますが、どうぞ御身大切に御自愛下さいませ。

伊丹様の心穏やかな平穏を祈っております。

敬具

オレは嗚咽を漏らしながら、泣きじゃくった。

「オレ…オレなんか…オレなんか何もしてへん…何も、何もしてへんやんケッ。なっ、なんでやねんっ、なんで死なな…死なないかんねんっ」

もしも小説を書いていなければ、残り少なくなったオレの人生に、こんな哀しい想いを増やさずに済んだかもしれない。

もしも小説を書いていなければ、ひかはいつまで経っても、あの頃のひかのままで、オレの記憶の中で生き続けていただろう。

ひかのことを思い出して、懐かしくなることはあっても、哀しくなることはなかっただろう。生きていく上で、知らないで済むことは、知らないほうがいいということがある。

人の心だってすべてわかってしまったら、生きていくことすら辛くなってしまうかもしれない。これから死にゆくオレにとって、哀しい思い出はこれ以上増やしたくなかった。

報せてくれたひかのお父さんには感謝しているけれど、許されるなら、死んで向こうにいってからひかに逢いたかった。

幸せだったのだろうか。最後に別れてから、ずいぶんと月日が流れたけれど、ひかは幸せだったのだろうか。

涙は、枯れることなく流れ続けた。

「ひか、もう楽になれたか？　もうしんどくないか？　痛くないか？　オレもじきにそっちに逝く」なんてゆうたら、「きやんでいいっ！」って怒られそうやけど、またそっちでオレのこと、あの頃みたいにどやしつけてくれな。

エエことあったんか？

いっぱい恋したんか？

痛かったぶん、辛かったぶん、いっぱい、いっぱい、ええ思い出持っていけたんか？

ひかがこんなことになってたゆうのに、オレ、アホやから、何もしてやれんでごめんやで。ホンマごめんやで。

「ちょっと情けないっ！　男のくせになんで泣くんよっ！　もう泣くなっ！」

口を尖らせてオレを叱る、ひかの懐かしい声が胸の中で響いていた。

第三章

邂逅

1

拘置所から裁判所に向かう護送バスの中から見た街の景色は輝いていた。店頭を飾るイルミネーションだけではなく、行き交う人たちの表情までも輝いて映った。もう二度と生きて戻れない窓の向こう側は、イヴを演出させていた。

やはり、検察から出され論告求刑は「死刑」だった。愕然とした、というよりも、「死刑」という言葉の響きが重過ぎて、どこか現実として実感することができなかった、といったほうが適切かもしれない。

傍聴席は、オレの起こした事件が風化したことを物語っているかのように、空席が目立った。初公判では、三十六席ある傍聴席がすべて埋まり、どの席からも憎しみで染まった鋭い視線がオレに向かって放たれていた。足が竦んでしまいそうだった。どれだけ、この公判廷に出廷することが毎回苦しかったか。被害者の遺族となった人たちが遺影を手に傍聴席中央に陣取り、憎しみの込められた目でオレを見ていた。

その中には、まだ小学生の男の子と女の子まで加わっていて、その小さな瞳の中にも怨念が込められていた。

下げた視線を上げることはできなかった。自分は、なんのために生まれてきたのだろうか。

苦しいなんて生易しいものじゃなかった。それが、オレの起こした罪の重みだった。トチ狂い、なんの落ち度も見当たらない人の生活を、この両手で奪い去った罪の証だった。誰が悪いわけでもない。オノレが悪いのだ。そんなことは、考えなくてもわかっていた。わかっていたから、そのやり場のなさが辛かった。

どっかの教祖や児童殺傷事件の犯人のように、根元から歪みきることができれば、どれだけ楽か、と考えたこともあった。不謹慎な話だ。それほど、裁きの庭に立たされるということが、辛くて辛くて仕方なかった。自分の業なのだから、怨まれるのも、憎まれるのも、呪詛の視線を浴びせられることも仕方ない。

だがその目が、ゆまと幼いゆきちに向くのだけは耐えられなかった。心が粉々に砕けそうだった。生き地獄の上を行く地獄。

「もう、公判には来んでええてっ」

何度も何度もゆまに訴えた。それでも彼女は、

「逃げられへんっ。杏ちゃんが苦しい思いしてんのに、逃げられへん。もう、ゆまは逃げたくないっ」

と、初公判から判決に至るまで、膝の上の手をギュッと握り、傍聴席に座り続けた。そして、ゆまは情状証人として証言台に立ち「良心に従って真実を述べ――」と宣言した後、裁判官へ情状酌量を訴えてくれた。

「どんなことがあっても、彼と一緒に償っていきます。あたしにできることなら、なんだってやります。だから、だからお願いです！　もう一度。もう一度だけ、あたしたちにチャンスを下さい。やり直すチャンスを与えてくださいっ！」

法廷にいるすべての者がオレに憎しみの目を放つ針のムシロのような空間で、彼女はオレのために、たった一人で戦おうとしていた。それがどれだけ被害者の遺族の神経を逆撫でする行為か十分に理解しながらも、毅然とした態度で、オレのために訴え続けていた。

すべての者を敵に回しても、彼女はオレのために戦い続けてくれていた。

「最後に、裁判所に対して何か言っておきたいことはありますか？」

すべての審理が終了した後、三人並ぶ中央の裁判官から尋ねられた。至るところから、怨念の目が向けられている場所で、少しでも怖気づいてしまえば、声が震え出してしまいそうだった。

「ホンマ、自分のやってしもうたことは、取り返しのつかんことやというのは、鈍い私でもわかります。私も男稼業に身を置いた人間ですから、今さら、命乞いはしません。でも、怖いです。正直、死刑は怖いです。こわあて、こわあて、仕方ないです。

それが、その怖さこそが、自分の犯してしまった罪の重さと思うて、今必死にその怖さと向き合いながら、生きています。残りの時間は少なくなりましたが、生きている間、自分の犯してしまった罪から目を背けることなく償っていきたいと思っています。本当に、本当にすみませんでした」

なんでこんなことを口にしたのか、というよりも頭の中が真っ白になって、何を言おうとしているのか、自分でもわからなかった。

ただしゃべり終えた後も、心臓が破裂しそうなほど高鳴り、顔面が焼けるように熱かった。

「ひとつだけあなたに、裁判官から尋ねます」

尋問口調というよりも、何か聞き忘れたことを思い出して尋ねる、といった感じのニュアンスで裁判長が口を開いた。

「あなたの犯した罪は、今あなたの話にあった極刑を免れることはないかもしれません。その上で尋ねますが、あなたは極刑、つまり、死刑制度についてどう思われますか？　廃止にするべきだと思いますか？」

いくらなんでも、今のオレにその質問は、酷ってもんだろう、と思いながら、裁判長の意図するところを掴みかねていた。考えられるとしたら、ゆまと編集者の佐藤さんが、オレの情状酌量を求めて、助命運動を行い、それが呼び水となり、一部のマスコミに取り上げられたことに関係あるのかもしれない。

「難しいことはわかりません。今の立場で言えば、そりゃ生きたいです。ですから、死刑が廃止されれば、ホッとしてしまうと思います。でも、それでもやっぱり死刑は必要だと思います。死なければ、死んで詫びなければならない罪というのは、やはりあるんやないでしょうか……」

そこまで言うと、オレは下を向いて口を閉ざした。判決はクリスマスイヴ、12月24日に決まった。そして、その日に裁判長が読み上げた判決文は俗にいう『主文を後回しにする』というやつだった。予想通りの死刑判決だった。

2

「控訴してっ。お願いやから控訴してっ」

「でけへんて。もう頼むからゆわんとってくれやっ」

「なんでわかってくれへんのっ！　なんで生きようとしてくれへんのっ！」

ゆまに非難されなくても、オレだって生きたかった。そりゃ、生きられるものなら、一日でも長く生き延びたかった。でも、どの面下げて控訴できるというのだ。あれだけのことをさらしておいて、どの面下げて命乞いしろというのだ。これ以上、自分の見苦しい醜態をさらしたくなかった。

オレのやってしまったことに、人の心なんてどこにもないけれど、それでも残っている良心だけは、最後の最後まで失いたくなかった。オレは控訴せず、一審の死刑判決を受け入れることを望んだ。

「そうやって、なんで杏ちゃんは、いつも自分のことしか考えてくれへんのっ。ゆまがどんな想いで証言台に立って、杏ちゃんの情状酌量を求めたと思うっ？　そんなん考えてくれたことあんのっ！　ゆまやゆきちのこと、考えてくれたことあんのっ！」

もしかしたら、終わろうとしている予感があった。終わっていこうとしてるのに、何もできない自分が、どうしようもなく辛かった。ゆまは瞳いっぱいにためた涙を零しながら、古びた灰色のドアを開け面会室を後にした。

通常、判決を言い渡されると、翌日から数えて、十四日以内に控訴の手続きをとらなければ、その判決が自然確定することになっている。ただ、死刑判決に限っては、自分自身が控訴の手続きをとらなくても、本人の弁護人が控訴しようと思えば、控訴することができるという特例があった。

しかし、オレは死刑判決を下されたすぐ後に拘置所の面会室へとやってきた国選弁護人に対し、控訴しない意思を伝え、国選弁護人もあっけないほど簡単にそれを了承して帰っていった。オレの命なんて、そんなもんだろう。

だが、ゆまは違った。死刑判決が下された翌日、果てしなく高い空から舞い降りてきた雪は、街をホワイトクリスマスに染め、シャバの人の心を沸騰させていた。その人々の中を、彼女はどんな想いで面会へとやってきて、また帰っていったのだろうか。

なぜ、オレは社会生存中、ずっと横にいた彼女の愛がわからなかったのだろう。なぜ、オレはいつも幸せになることにビクついてしまっていたのだろう。

今となっては、すべてが愚痴だった。


十年の刑を一日も残すことなく、塀の中で務めきったオレは出所当時こそ珍しがられチヤホヤとされたけれど、組織のためでも人のためでもなかったので、ほんの二週間で飽きられてしまった。一ヶ月もすれば事務所当番にも駆り出され、いつの間にやら自分でも、刑務所に務めていたことが遠い昔の出来事のような気がしていた。

それでも〝ムショボケ〟だろうか、中で思い描いていたシャバの風と、現実の社会の暮らしのギャップになかなか馴染めず、一人悪戦苦闘を繰り返していた。

「ぜったいっ、ぜったいっ捨てないでねっ。二番目でも、ううんっ、三番目でもいいっ。だからぜーったい、ぜったい、ぜったい、アンナのこと捨てたりしないでねっ」

ことあるごとに目を潤ませ『ぜったいっ』を連呼していたキャバクラ勤めのネーちゃんは、オレの甲斐性のなさゆえか、パクられて三日もせぬうちに新しい男とそのまま消息を絶っていたので、出所後オレは憐れ、ヤモメとなっていた。

とにかくオレは焦っていた。パクられた時はハタチだったが、出てきた時もハタチだった……というわけにはいかず、きっちり歳月が過ぎたぶん、歳を取らされていた。バカなオレは、自分が三十路になるなど、想像もしていなかったので、とにかく焦った。オッサンの仲間入りを果たしてしまった浦島太郎に異性との出逢いなどあるのだろうか、と必要以上にウロたえた。もしかしたら、このまま一生女なんてできやしないんじゃないか、と思うと、死んでしまいたくなったりもした。

エロＤＶＤと、小金が入った時に通う風俗だけを楽しみに、たくましく、くすぶり続ける、ひどくリアルな未来の自分の姿を空想して、オレはゾッとせずにはおれなかった。何もその危惧は、出所と同時に湧き起こり始めたわけではない。ちゃんと受刑中も気がかりだった。だけど現実の、目の前に横たわる受刑者生活という日常が非現実的過ぎて、ある意味、女と暮らす生活なんて、支配階級の選ばれし者のみが得ることのできる特権だと勘違いすることができた。

はっきり言って、長期受刑者ばかりを収容している刑務所は、懲役八年以下の短期受刑者を収容する一般の刑務所がママゴトに感じるくらい、ありとあらゆる規則に縛られまくっていた。シャバの世界の暮らしなど、おとぎ話の中の話でしかないと思えてくるくらいだ。「がんじがらめ」、本当にこの言葉がよく似合う。

ある親分が、この刑務所に来て間もない頃、他の懲役の人間から刑期を尋ねられて、「十一年」と答えたところ、「あぁ、十一年だったら、ションベンですね」と言われたという有名なエピソードが残っている。「ションベン」というのは用を足している間に刑期が終わってしまうという意味だが、何を隠そうオレもまったく同じ経験を味わった。

刑務所に落ちてすぐのことだった。何をしたんだ、どこの組だ、男は好きか、と刑事の職務質問並みのネチっこさで問い詰めてくる同囚に、ひとつひとつ丁寧に答えていくと、自然、刑期の話へとたどり着いた。オレは、聞いて驚け、と言わんばかりに「十年だっ」と鼻息荒く答えてやった。するとどうだ。ちょっと小バカにしたような言い方で、「ケッ、なんでぇ十年ケ。右を向いて左向く前に終わっちまうわなっ、ケッ」と言われてしまった。

最初、オレは、新入りいびりのカマシを入れられているのか、と思ったのだけど、実はそうではなかった。本気でこの同囚は、そう思っていたのだ。聞いてみれば、この男は無期懲役だった。無期の人間からすれば刑の満期日がある、しかも十年の刑期など、取るに足らないと思われても仕方ないかもしれない。

長期の刑務所の厳しさはそれだけではない。刑務官も、シャバではもちろん、一般の犯罪者を収容する刑務所でも、そうはお目にかかれない特別な人柄の連中であふれ返っていた。当分、出所などやってこない受刑者であることをいいことに、足元を見て堂々とイジメを遂行してくる素晴らしい方たちばかりだった。

独裁国家でガチガチに締めつけられて十年も暮らしていると、喜ばしいことに、幸福の水準がグンと下がってくれる。そのままの水準を出所後も持続できればよいのだけれど、そうは上手くいかないのが人の世だ。オレは十年間、来る日も来る日もお菓子を腹一杯食うことを夢に描き続けた。もしもチョコレートを気が済むまで食べられることができたら、もう思い残すことなんてないんじゃないか——と真剣に思っていた。甘いものにひたすら飢えていたオレは、コンビニでお菓子を物色するのが夢だった。その時は、確かに他に何もいらなかった。

しかし、実際に出所してみると、そんなもの三日を持たずして飽きてしまった。中では出所することがすべてだったけれど、出てみると、そこには現実というものが存在する。次から次に訪れる将来への不安。オレ以外のすべての人たちが幸せそうに見えて仕方なかった。オレにも温かな帰る場所が欲しかった。

昼間はまだ良かった。組の雑用に追われたり、極道談議なんかを事務所で交わしたりしていると、現実から目をそらし、やり過ごすことができた。だけど、夜は必ずやってくる。誰もいない孤独感。刑務所の独居もひたすら孤独だったけれど、シャバでの孤独は惨めだった。目の前には十年もの間、あれだれ恋い焦がれた生活があるというのに、中では考えられないような暮らしだというのに、心を満たしてくれるものは何もなかった。

いつの間にか、「オレはなぜこの世に生まれてきてしまったのだろうか」なんて、ひどく哲学的なことまで考えてしまい、オノレ自身をひどく狼狽させていた。

人には魔が差すということがあるらしい。色々なケースがあるようだが、こういう場面に魔が差してしまうと、すべてが面倒くさくなってしまい衝動的に自殺してしまったりするのではなかろうか。たぶん、芥川さんも太宰さんもこういう心理に到達してしまったのではないだろうか。柄にもなく小説家の名前を出してしまうほど、ヤキが回っていた。

そんなオレの葛藤とは裏腹に、なんの前触れも予告もなしにやってきたものがあった。

それは幸せという時間だった。

3

優しい日差しの昼下がり。オレは事務所へ〝出社〟するために、ガードレールを車の鍵でカンカンッと鳴らしながら歩いていた。

気がついたのはオレのほうが早かった。それが、国道沿いのよく行く喫茶店でバイトしている彼女だとすぐにわかった。年の頃は二十三～四歳といったところだろうか。少し茶髪のショートカットがよく似合う瞳の大きな彼女とは、喫茶店に通ううちに話をするようになっていて、いつの間にかモーニングのサンドウィッチとアイスコーヒーよりも、彼女との会話のほうが楽しみになっていた。ムショボケを抱えているオレにとって異性と気軽に話せること自体、珍しいことだった。

オレは、コンビニの前で揉み合うように、格闘している彼女に、のんきに声をかけた。

オレの声に、彼女と、彼女の対戦相手。彼女をそのままチビにした男の子が振り返った。彼女はオレを見て、一瞬、驚いたような顔を浮かべた後、困った顔で微笑み返してくれた。

「どうしてんっ、チビ？」

むちゃくちゃ怒られた。頭を撫でようとした右手まで叩かれてしまった。

「チビと違うわっ、ゆきちやっ！」

「こらっ！　ゆきちっ！」すかさず彼女がチビを叱りつける。

「ごめん、ごめん、ゆきちていうんか。ほんで、ゆきちはなんでママと格闘してんねん？」

彼女がひたすら謝るのを笑い返して、彼女の横でぐずっていたゆきちにしゃべりかけた。

「ママが悪いねんっ！　ママがな、ゆきちと約束したのになっ、ママがなっ、ママがなっ、うううえ～っん！」

キッとしていた吸い込まれそうな瞳が潤んだかと思うと、顔をくしゃくしゃにして泣き出してしまった。

彼女から事情を聞くと、なんでも乱闘現場の真ん中にあるコンビニで、以前に予約していたゲームソフトを買いに来たらしいのだが、あまりの人気で予約したのに、そのゲームソフトが買えなかったらしい。それが原因で、ゆきちが怒り出して乱闘状態に……失礼。ゆきちがママを困らせていた、というのだ。

「やり方もわからへんのに、欲しい、欲しいってゆうてきかないんですっ」

そうオレに言った後、彼女はゆきちに、

「もう男の子やのに、いつまでも泣かないのっ」と彼をなだめた。

オレは彼女に、なんという名のゲームソフトか確認してから、ゆきちの目線にしゃがみ込み、指の腹で瞳から溢れ出てくる涙をぬぐってやった。

「ヨッシャ、ゆきち。もう泣いたらいかんっ。おっちゃんがそのゲームソフト、どないかしてきたろっ」

「ほっ、ほんまにっ！」

ヒックヒックとしゃくり上げながら、ゆきちは無垢な瞳をオレへと向けた。オレも昔は、こんな瞳をしていたのであろうか。

一瞬、そう思ったが、ちょうどゆきちと同じ年頃に、母の財布から一万円札をくすねて全裸にされてしまったことを思い出し、そんな瞳などしていなかったことに気がついた。

彼女に対しての下心があったのかどうかは、自分でもよくわからない。その時はもっと単純に、チビの喜ぶ表情が見たかった。オレは明日、彼女の勤め先の喫茶店にゲームソフトを持っていくことを告げて、その場で二人と別れた。

チビは別れ際にオレに向かって「おとこどうしのやくそくかっ⁉」と上から目線で難しい言葉をあやつり、オレとチビのママ、ゆまをびっくりさせた。

「お、おう。男同士の約束や」

オレは、チビに向かって右手を挙げた。どうにかしてやりたくなったのは、オレにも似たような経験があったからかもしれない。何もオレだけではない。遊び道具こそ時代によって変化していくが、根本的な子供心というのは、いつの時代も大して変わらないと思う。面白かったら笑うし、叱られたら泣いてしまう。犯罪者が生まれた時から犯罪者じゃないように、爺さんも婆さんも、おっさんもおばちゃんも兄ちゃんも姉ちゃんも、生まれた時から今の姿の者はいない。誰もが例外なく子供の頃があって、同じような経験を重ね、今の姿へと変わっていったのではなかろうか。色々なコトを思い出に変えながら……。

あれは、ゆきちよりももう少し大きかった小学三年生か、四年生の時だった。子供から大人に至るまで、爆発的人気をほこったゲームソフトの最新シリーズを探し求めて、自転車を漕ぎまくった時のことだ。

世の中が狭かったぶん、入手方法も限られていて、結局オレは発売日に手に入れることができず、家に帰ってダダをこね、母を困らせてしまった記憶がある。

数日後、そのソフトをどこからか母が買ってきてくれた時は、嬉しくて仕方なかった。母がもの凄く偉大に見えた。

幼稚園児のボクだったオレに対して「おもちゃなんて一生ダメッ！」と宣言した母だったが、こうして欲しいものはオレに買い与えてくれていた。

あの頃、母は女手ひとつでオレを養い、オレのことを社会のあらゆるものから守ってくれていたのだろう。

いつからか母の手を借りなくても、欲しいものは大抵、自分の手で手に入れるコトができるようになった。ゲームソフトくらいなら、造作なかった。だからといってあの頃より幸せか、といったらまったくの逆で、思い出すのはいつもあの頃のことばかりだった。手に入れたモノより、失ってしまったモノのほうがはるかに多過ぎたのだろう。


「だから、兄貴、あきませんて！　昨日、わざわざ古家に当番代わってもうて、夜中の二時から並んでまんねんで。それで、やっと手に入れたレアもんなんでっから、兄貴っそれだけは絶対あきませんて！」

敷きっぱなしの布団の上で、ロキはオレにしがみつかんばかりに訴えてきた。ヤクザがわざわざ当番を代わってもらってまですることか。バカではなかろうか。

「ええかっ、ロキ。よう聞けよ。もし、このゲームソフトに心があったとする。理性があったとする。わかるか、理性やぞ、り、せ、い。その場合、いくら遊ばれんのが宿命のゲームソフトだって、同じプレイしてもらえんのやったらちょっとでも大切にしてくれる人のもとへ嫁ぎたいと思うんが人情やないか」

「嫁ぎたい？　人情？？」

もともとマヌケな小顔を一層マヌケにして、ロキはオレの言葉尻を重複させた。

「そうや。プロの風俗のお姉さんたちだって、仕事とはいえ、どうせプレイするなら、お前みたいなゲームオタクのブスより、オレみたいなジャニーズ系のほうがええに決まってるやないか」

「ハッハハハ、兄貴がジャニーズ系て、ハッハハハ、イテテテテテッッッー」

　バカ笑いするロキの耳を思いっきり引っ張り上げ、オレは続けた。

「何もお姉さんたちだけやない。我々、極道かて一緒やぞ。同じ命を預けるんやったら、預けがいのある親分、兄貴分に預けたいと思うんが当たり前やないか。幸いにしてお前はオレという立派な兄貴分を持てたおかげで、こうして懲役に行くこともなく、夜中にマヌケ面して、デパートなんぞに並んでおれんねん」

　ここは「気持ち悪い」という言葉は、さすがに呑み込んでおいた。

「お前は、そのことにもっともっと感謝せなあかん。オレの写真でも拡大して神棚にでも飾っとかんかい。ほんならなっ」

「さっぱり意味わからん。ってちょっと兄貴あきませんて！　おいっ、コラ待て、おっさんっ！」

　ロキの嘆願を一切ムシして、オレは目的の「ブツ」を押収し、彼のボロワンルームを後にした。

「おぅ、ロキちゃんか、お前、何しとんねん」

――別になんもしてまへんけど、なんかあったんでっか？

「ああ、ちょっとな。ところでお前、今、電車か新幹線のゲームやってるはずやろ？」

――はあっ？　それをゆうなら兄貴、機関車でんがな。電車と機関車は全然ちゃいまっせ。そもそもこのゲームはねっ、てゆうか、なんで兄貴っワシが今ゲームやってるって知ってますの？　ああ、さては古家に聞いて……。

最後まで、ロキの寝言を聞く必要はなった。オレはケイタイを切り、ロキのヤサへと向かうことにした。これがロキにとって悪夢となる三〇分前のやり取りだった。

昔からそうだった。ヤクザをやっていなければ、間違いなくオタク路線をひた走っていたであろうロキは、どれだけ入手困難といわれるゲームソフトでも発売日に手に入れるという特技を持っていた。くだんのゲームソフトの時もそうだった。ひとつ年下のコイツは、人が半泣きになってチャリンコを漕ぎまくり、目的のゲームソフトを入手するためにショップを探し回っているというのに、今と大して変わらない不細工な顔で、やっぱりゲームソフトを手に入れ、説明書を読みながら家路へと急いでいたのだ。一緒にゲームソフトを探していた龍ちゃんもオレも幼かったたぶん、まだ知恵が足りなかった。血走った目でロキに襲いかかろうとしたのが悪かった。オレと龍ちゃんの殺気を瞬時に察知した小学生のロキは、あっという間に逃げてしまった。無論、追いかけた。追いかけまくって、ロキの家の中まで侵入し、ロキのお母さんにこっぴどく怒られたあげく、結局、目当てのゲームソフトを押収することができなかった、という苦い経験がある。

まさか、あれから二十年も経って、同じようにゲームソフトを狙われようとは、夢にも思っていなかったのだろう。ロキに油断があった。あの頃のロキなら軍用犬並みの嗅覚でオレの魂胆を嗅ぎ分け、しらばっくれるどころか、電話にすら出なかったはずだ。オレはなんだかしてやったりの気分で、ゆきちと交わした「男同士の約束」を果たしにいった。

このゲームソフトも、あんなボロワンルームの片隅で、オタクヤクザにもて遊ばれ、飽きれば売り飛ばされるより、瞳をらんらんと輝かせた純真な少年に遊んでもらったほうが、幸せってもんだ。男と男のカタイ約束を交わし合った同志は、喫茶店の前にしゃがみ込み、何やら、おもちゃのショベルカーを使って、〝お仕事〟をされているようであった。

後に判明することなのだが、彼は道路工事のお仕事をこよなく愛し、作業中のシャベルカーやユンボを見かけては、「ガアッガアッ」と言って小さな胸を興奮させたのだった。

この時、ゆきちは保育園をお休みし、朝からこうやって〝お仕事〟をしながら、オレの訪れるのを待っていたという。実に健気ではないか。ロキのバカにも見習わせてやりたかった。道路工事の手を止め、オレの姿を見つけたゆきちは、パッと顔を輝かせると、「おっちゃーんっ！」と叫びながら駆け寄ってきた。

なんだか、自分が足長おじさんにでもなったような気分で、幸せな温かさを感じていた。

この出来事がきっかけで、ゆまのことを少しずつ、少しずつ知っていって、オレのことも彼女は少しずつ、少しずつ理解していってくれた。

前の夫と別れた話も聞いた。彼女と一緒に食事にも行った。そして、いつしか男と女の関係になっていった。

死刑囚となったオレに、もし幸せな時間があったとすれば、そこから始まったゆまとゆきちとの時間だろう。短いシャバだったぶん、幸せの時間も短かったが、確かにオレの人生の中にもちゃんとそういう時間が存在していた。

4

三畳にも満たない面会室は、ちょうど真ん中のところにアクリル板がはめ込まれてあり、それこそがシャバと獄の境界線となっていた。シャバ側のアクリル板の向こうで、険しい顔をオレへと向ける兄貴分に頭を下げた。兄貴のうしろで、パイプ椅子に腰掛けることなく直立したままのスーツ姿のロキが、オレに目札を送ってきていた。

「座らんかい」

押し殺した低い声を発した兄貴に、

「失礼します」

　ともう一度頭を下げてから、パイプ椅子を引いて軽く腰掛けた。

「お願いやから控訴して」と面会室でゆまが訴え続け、泣きながら帰った日の翌日。オレがパクられて初めて、兄貴分が面会室へとやってきたのだった。

「兄貴、ホンマに申しわけありませんでした」

　オレがトチ狂ったおかげで、どれだけ組織に迷惑をかけてしまったことだろうか。指どころか、腕の一本ちぎっても追いつきはしないだろう。オレのような世間を騒がす事件を起こしてしまった場合、組織の対応は上部団体に対しても、警察に対しても、事件を起こす以前の日付で「破門」もしくは「絶縁」にしていたと装うものだ。シャブやコソ泥レベルのご法度なら両者、薄々は事情を察してはいながらも、大抵それで納得してもらえる。そして、遅ればせながら、事件前の日付で「破門」あるいは「絶縁」の状が回されるわけだ。本人の功績、必要性、好感度、またはやる気の度合いによって様々だが、たいがいの場合、懲役を務め終え出所すると、時の氏神が登場し組織への復帰が叶うケースが多かった。

　あくまで、オレの所属していた組織は、オレと一切関係ない体《てい》で押し通そうとした。だが、社会的に与えた影響が大き過ぎたぶん、世間は納得しなかった。ヤクザ社会における死。つまり、オレを絶縁にしたぐらいでは追いつきようがなかったのだ。

　もしかしたら組長、親父までもが処分されるのではないかと、執行部は神経をピリピリさせていたらしいが、どうにかそれだけは免れた。

ただ、やはり、何もお咎めなし、というわけにはいかず、親父は本部の役職を降ろされ、舎弟に直って、出世コースからは大きく後退してしまった。それだけではない。目の前の兄貴も責任を取って指を二本叩き、本家と本部にそれぞれ持っていった、ということもすべてうしろに立つロキから聞いていた。

「過ぎたことは戻らん。もうゆわんでええ。今日は、そんなんでここに来たんやない。組とは関係ない。ワシ個人として、お前に逢いに来たんや」

兄貴は、険しい表情を変えることなく、なんの感情も読めない一定の押し殺した声でしゃべり続けた。

「犬、猫でも殺したら心が痛い。ワシら極道かて、それは一緒や。まだ前刑の時の殺しは、お前にも言いぶんがあったのは、ワシもよう知っとる。それとちごうて、今回の一連の物事は何ひとつ、お前に言いぶんはない。酷な言い方やけど、もう死刑でしか償えんやろ」

そう口にした時、兄貴は険しい表情を崩し、痛そうというか苦しそうというか、哀しみをこらえているような目をしていた。うしろに立つロキも唇を噛んだまま、下を向き、視線を上げようとしなかった。

「わかってます」

オレも視線を下に外し、消え入りそうな、か細い声で答えた。兄貴の言う通り、オレに死刑以外の道はもう残ってはいない。これまでたくさんあった目の前の道を、なんのためにか、誰のためにか、ひとつひとつ潰していき、気づいた時には、もう首を括るこの道しか残っていなかった。

「やけどのっ……」

そこからの兄貴の声には、さっきまでの無感情の押し殺したトーンとは違い、感情が込められていた。

「杏、それでも死んだら終わりやど。死ぬまで生きんとあかんのやったら、恥かいてでも、無様さらしてでも生き延びること考えんかいっ。そりゃ、ワシはお前に、男ゆうのは散る時に潔く散らなあかんて教えてきたかもしれん。でも、それは極道としてのお前にやっ。もうお前はヤクザやない。カタギなっとんねん。カタギの男がまず一番先に考えんといかんのはなんや？」

兄貴の問いに、外していた視線を上げ、いつの間にか噛んでいた唇を開いた。

「外で待ってくれている家族のことやと思います……」

薄明かりの面会室で二人のやり取りを記載していた看守部長も、いつしか筆記の手を止め、話に聞き入っていた。

「昨日な、ゆまちゃんから電話もうてなっ」

「えっ⁉　ゆまからですかっ？」

そこから兄貴の声は、泣いてしまうくらい優しかった。

「なぁっ杏。もうこれ以上、ゆまちゃん、泣かしたんなよ。ずっと泣いとったぞ。たとえ、可能性がまったくなくても控訴して欲しいって。何十年かかっても、生きてもう一度帰ってきて欲しいって。こんなんなっても、お前には、そんなんゆうてくれる子がいとんねんから、それだけでもお前は、ホンマ幸せもんやんケッ」

オレの目には、涙があふれていた。泣いたらあかん、泣いたらあかんと、必死に堪えようとするのだけど、一度降り出してしまった涙はやむことなく降り続けた。

「仏壇に手を合わせて祈ってやることしかもうしてやれんけど、毎朝、毎晩、お前が生きて帰ってこられるように手を合わせて祈ったる。もうそれしかしてやれんけど、一日もかかさず祈り続けたる。だから、杏、帰ってこい。男やったら生きて帰ってきてみせんかいっ」

そう言った兄貴の目も真っ赤だった。

「最後の最後は、お前自身が決めたらええっ。ただな、これだけは忘れんなよ。世界中が敵になっても、お前は一人やないねんどっ。お前がカタギになっても、ワシはお前の兄貴分やどっ」

オレは声を上げて泣いた。子供みたいに泣きじゃくった。

「あっい……あっいがっと、っござっいますっ……」

涙と嗚咽が引っかかり、上手く、ありがとうございます、という言葉さえ言えなかった。

ヤクザになんてなっていなければ、こんな人生になっていなかったかもしれない、とヤクザを恨んだこともあった。そうでも思わないと、とてもじゃないが、やりきれなかった。だが結局、こうなってしまったのは、何もヤクザになったからではなく、自分自身のせいだということを、オノレ自身が一番理解していた。

シャバと獄の境界線となる面会室で、オレはいつまでも泣き続けていた。規定の面会時間の一〇分を大幅に超えても、立会担当の看守部長は何も言わなかった。

5

「くみちょうは、お仕事、何やってんのっ。かいたい屋さんかっ?」

保育園からの帰り道。たこ焼き屋に電気屋、そしてコンビニの横には、経営が本当に大丈夫か、と思わず心配してしまうほど寂れたプラモデル屋が並ぶ商店街をオレとゆきちはおしゃべりしながら歩いて、というか、可愛い刑事からの職務質問を受けていた。

ピョコン、ピョコンとオレの三分の一の歩幅でオレの左横を歩くゆきちの得意技は「ダッコしてー」だったが、今日は機嫌が良いのだろう。いつもの得意技を発動させることなく、オレを見上げながら尋ねてきた。

「くみちょうかっ?」

どこで覚えてきたのだろうか、いつしかゆきちはオレのことを「くみちょう」と、教えてもいないのに、勝手に呼ぶようになっていた。オレもそれに合わせて、ゆきちと会話する時には、自分のことを「くみちょう」と言った。

ゆきちの職質にオレは「くみちょうはな～っ」ともったいぶったような言い方をしながら、言うか言うまいかという顔を作った。

「なんなん、なんなんっ！　教えてやっ！　かいたい屋さんかっ！」

ユンボやシャベルカーが大好きなゆきちは、オレをどうにか解体屋に仕立て上げたいらしい。

「だって、ゆきちはおしゃべりやから、すぐみんなにゆうからな～っ」

「ゆわへんわっ！　ゆきちはおしゃべりと違うわっ！　ママの体重もゆうたらダメッてゆうてたから、ゆわへんわっ！」

オレは笑ってしまった。ゆまはそんなことをしつけてるらしい。くだんのゲームソフト事件後一ヶ月もしないうちに、オレとゆまは互いのマンションを行き来する同棲を始めていた。夕方ふと身体があくと、オレはこうして、近所で、「お勤め」をしているゆきちを保育園へと迎えにいった。ゆきちと手をつないで冬の暗くなり始めた帰り道を、並んで歩くのがたまらなく好きだった。これまでにはない時間が、そこにはあった。

「ゆきち、ほんまに誰にもゆわんか？」

「うん。絶対ゆわんっ！」

「ママにもか？」

「うん。ママにもゆわんっ！」

「ほんなら、男同士の約束やぞっ」

「うんっ！　おとこどうしの約束やなっ！」

「実はな、あんまり大きい声じゃゆわれへんねんけど、聞いてびっくりするなよっ。くみちょうは仮面ライダーやねんっ」

　我ながらベタ過ぎた。小さい子の扱いにあまり慣れていないオレには、これが精一杯だった。それでもゆきちが驚いてくれるだろうと、確信していた。狂喜乱舞するのではなかろうかとさえ思っていた。ところが、どうだ。最近の子はどうもスレている。

「違うやんっ！　くみちょうはヤクザやんっ！」

　と、ギョッとするようなことを口にしたのだ。「知ってたら聞くなよっ！」と、ツッコもうかと思ったけれど、オレは大いに慌てて否定した。

「違う、違う、違うっっっ…」

「じゃ、変身してみろ。そこまで言うのであれば今すぐここで変身してみせろっ！」と彼は、まるで否認を押し通そうとしている容疑者を取り調べている刑事のような勢いで迫ってきた。できるものなら変身したかった。したかったけれど、オレには、できない理由があった。

「あかんねんっ。今オレ、本郷の兄貴から謹慎くろとるから、めったやたらに変身したらいかんって、きつくゆわれとんねんっ」

オレの、まさに口から出まかせに、刑事となった彼はうさん臭そうな目を向けながら、巧みに質問を変えてきた。さすが、吐かせのプロ、鬼のゆきちである。

「じゃ、仮面ライダー何ゆうのっ？」

敏腕刑事にしては、えらく可愛らしい口調ではないか。もしや、これも心理作戦のひとつなのか。

「だから、仮面ライダー何ゆうのっ？」

質問の主旨を掴みあぐねていたオレに、ゆきち警部はわかりやすく説明してくれた。要するに、一号、二号とか、ブラックとか、ライダーの後に続くコードネームはなんなのだっ、と聞いているのである。オレも伊達に何度もパクられ、海千山千の刑事たちを向こうに回し、戦ってきたわけではない。これくらいの尋問は想定内だ。オレは答えた。

「８９３」

「はっきゅうさんっ？」

「ちゃう。それは、いっきゅうさんてゆう時のイントネーションやろ。そやなくて、はちきゅうさんっ」

思いがけず即席のライダーになってしまったとはいえ、一休さんと一緒にされてしまっては向こうも困る。オレは細かく発音をレッスンした。可愛い顔をキョトンとさせた後、どうも、一休さんのイントネーションに似ているのがえらく気に入ったらしく、

「はっきゅうさんっ、はっきゅうさんっ」

と言って、ゆきちは、はしゃぎまくった。イントネーションについては、いささか不本意な感は否めんが、どうにか敏腕デカ、鬼のゆきちさんをケムに巻くことに成功したらしく、ホッと胸を撫で下ろした。仮面ライダーマフィアにしようかと思ったけれど、マフィアにしなくて、本当によかった。

「あっ、ママやっ！　ママあぁっ！」

マンションの前で、エプロン姿で立っていたゆまを発見すると、ゆきちは顔一杯で笑顔を作り、マンションの前でたたずんでいるゆまに向かって、力一杯手を振った。

「なんか、杏ちゃんとゆきちが並んで歩いとったら、ホンマの親子みたいにそっくりやねっ」

そう言う、ゆまの微笑した顔を見ながら、オレにも初めて守るべき場所ができた、と実感した。温かかった。冬の暗みがかかった夕暮れ時だというのに、心がほてるように温かかった。街路樹も遊歩道も当たり前のすべての風景が輝いていた。

「今日は、杏ちゃんの好きなカラアゲにクリームシチューやでっ」

三人で一緒に家の中に入ると、シチューの香りと、カラアゲの香ばしい香りが、流れ出てきた。なんだか、懐かしい少年時代の香りに思えて、オレの鼻をくすぐった。

6

前略

伊丹の兄弟江。堺は大刑より、一筆認めます。

先の監獄法の改正により、こうして被親族者にも、交友関係の維持を理由にすれば、便りを発することが叶うようになりましたが、兄弟の安否が気にかかっています。

先だっての判決は、俺も紙面を通じて知りました。兄弟分でありながら、何も力になれず本当に申しわけない。

もしも、俺が娑婆にいれば、こんなことになっていなかったのではないかと思うと、悔やんでも悔やみきれません。どうか、許して下さい。

ただ、今回こうして急ぎペンを走らせているのは、他でもなく、兄弟の姐、ゆまちゃんが大刑まで面会へと来てくれ、兄弟のことを聞いたからです。

兄弟は、一審の判決をそのまま受け入れ、刑を確定させようとしているのでしょうか？兄弟の性格を考えれば、多分そうするでしょう。それはそれで、兄弟の決めることでしょうが、俺は控訴することと、償うということとは別問題やと思う。

何も、ゆまちゃんに、兄弟が控訴するように俺から頼んで欲しい、と言われて書くのではありません。義兄弟の契りを交わした兄弟分として言うのです。

兄弟、ええから控訴してくれ。

それであかなんだら、上告して最高裁まで行ってくれ。

俺ははっきり言って、まだ死刑判決を回避する可能性がゼロではないと思っている。兄弟、とにかく黙って控訴して、精神鑑定を受けてくれへんか。そんなことするのは、兄弟のプライドが許さんのは十分わかってるけれど、何も兄弟のためにそうせえゆうてんのやない。婆婆で兄弟の帰りを信じて待ってる、ゆまちゃんや、チビのために控訴して精神鑑定を受けるべきや。

兄弟、なかなかおらんで。あんだけの事件起こしてんのに何十年も待とうとする子なんて。ウチのクソ嫁なんて、半年前に一回面会来たきり、手紙も寄こさんがな。普通やったら兄弟、あんだけのべっぴんさんや、とうの昔にヨソいってもうとるで。それでも、全部捨ててでも、兄弟信じて待っとんねんから、兄弟もできることはしたらなあかんのちゃうか？　兄弟が普通やったら、あんなことする人間やないゆうのは、ガキの頃からの兄弟分の俺が一番知っとる。兄弟は誰が見ても、シャブでおかしなっとってん。それやったら、精神鑑定受けて、心神耗弱か心神喪失狙ろたらええがな。それでもあかなんだら、おかしいフリしてでも、アホなフリしてでも、刑の減刑勝ち取らなあかん。

その上で、生きて償なったらええねん。いや、生きて償わなあかんねん。ちゃうか、兄弟。ようわかってるやろうけど、シャブはどんな強者の人格でも壊してしまう。いや、強者やから、余計にそうなる。俺も、そうしてシャブに溺れた一人や。まかり間違ったら、俺が兄弟と代わってそこに座ってたかもしれん。兄弟、そうなってたら、俺になんてゆう？やっぱり「控訴せえ」ゆうやろ、「上告せえ」ゆうやろ？

人間、誰もが完璧やない。弱さだってあれば間違いも犯してまう。俺はそのたびに軌道修正したらええと思うんや。俺の残刑も二年を切った。控訴して、精神鑑定で争えば、一年はかかるやろうし、上告までいけば、少なくとも二年はかかる。俺が帰るまで、死刑を確定させせんと待っとってくれ！

どんな力にだってなってみせる。一蓮托生の絆は、嘘やないぞ！　兄弟、もし控訴すらせず、刑を確定させるんやったら、俺は兄弟との盃を水にする。それくらいの覚悟で頼んでいる。早まったことだけはするな！　いつでも、控訴取り下げることはできるねんから。確定してもうたら、もうひっくり返されへんねんで。頼む。控訴の手続きを、この手紙読み終えたら、すぐに取ってくれ！

ようゆうやん。生まれた時は、別々でも、死ぬ時は一緒や、て。兄弟、負けるなよ！

この空の下、兄弟の健勝を太く祈ってる。呉々も、自愛して下さい。

龍一より。

不一

ゆまがどうしてもオレに控訴させるために、オレを死なせないために、大阪刑務所に務める龍ちゃんのところに面会へと行き、オレを説得してくれるよう頼んだのだろう。兄貴の面会が入った翌日。龍ちゃんから速達で手紙が届いた。

痛いくらい龍ちゃんの気持ちが嬉しかった。言葉は乱暴だけど、気持ちが温かかった。龍ちゃんの想いが心に沁みた。龍ちゃんの言う通り、オレはシャブで狂っていた。トチ狂っていた。

酒やタバコに合わないという体質があるように、シャブにもそれがある。合う奴はパクられることなく、図太くも楽しみながら綺麗に遊び、合わない奴は骨の髄までシャブられる。どっぷりと、朽ち果てるまで溺れてしまう。それでも、また射つ。射ち続ける。

一週間もあれば、自分が正常なのか、他人が異常なのかさえの判断すらつかなくなり、猜疑心と疑心暗鬼の塊になってしまう。そして、重度の睡眠不足が幻覚を呼び、さらに幻覚が幻聴を呼んでくる。そして、本能が叫び出す。

殺らなければ殺られると…。

四六時中、完全に壊れるまで叫び続ける。それがオレだった。シャブを射って、気持ち良かったとか、スッキリしたとかいう記憶は一度もなかった。射てば射つほど、無間地獄に堕ちていくのが、手に取るようによくわかった。

だったら、なぜ射つのだ。

麻薬だからだ。それがシャブの恐ろしさだった。一発射てば、本人の気持ち良さなど関係なく、やめられない。

おかげで、手に入れたはずの幸せをいともたやすく狂わし、二度と戻ることのできない破滅のレールを、脱線することなく、ひた走り続けた。

愚かだった。死ぬほど、愚かだった。

バカは死ななきゃ治らないというが、このバカは死んだくらいでは治らないだろう。オレはいつもそうだった。いいことが続くと、いつもその中で怯えていた。

いつも手に入れた、ささやかな幸せの中で、怯えていた。いつかこの幸せが崩れてしまうんじゃないかと怯え続けていた。

幸せになればなるだけ怖くなっていく、なんてバカな話だ。笑ってしまうけれど、慣れていない幸せに、小心者のオレは、ビビっていたのかもしれない。すくみ上がっていたかもしれない。怖くて、怖くて、手に入れた小さな幸せが、どこかに行ってしまいそうで怖くなったオレは、その小さな幸せを自らの手で崩壊させていた。

　笑ってくれ。

　救えないって笑えよ。

　きっかけは、ゆまを信じられなくなったことだった。

　たった、一度の出来事でオレの自信と余裕はいとも簡単に揺らぎ、いても立ってもいられないほどうろたえた。

　その日はゆきちの誕生日だったので、ゆまはゆきちを連れて、実家へ帰ると言った。

　もしこの時、オレが少しでも寝過ごしていれば、せめてもう一本、家でタバコでも吸っていれば、その後に続く運命は大きく変わっていたのかもしれない。

　オレは実家に帰ったはずの二人が、家からさほど離れていない駅の近くで、別れた夫と笑いながら歩いているのを、たまたま目撃してしまった。

　オレは、もしそういった現場を目撃してしまったら、理由のいかんを問わず、ブチ切れてしまい、男も女も関係なく、その辺の通行人に至るまで、すべて皆殺しにしてしまうんじゃないかと思っていた。そんな自分自身の凶暴性を危ぶむようになっていた。

　それがどうだ。実際そういう現場に遭遇すると、とっさにオレは車の影へと隠れてしまっていた。惨め……。そんな生易しいもんじゃない。

　言えばよかったんだ、「どういうことなんだ！」と。それすら聞くことができなかった。

オレは次第にゆまとの暮らしの中で、優しさなんてものをすっかりなくしてしまい、荒れていった。そんなオレに、ある時、ゆまはこう言った。

「ゆま、なんかしたっ?」

不安そうだった。オレは「しらばっくれやがって」と思いながらも、口には出さず、ますます荒れていった。

理由も説明せずに、生まれて初めて女に手を上げた。手を上げたことに自己嫌悪を覚え、また荒れた。やり場のない苛立ちは、一気にオレの中で加速していった。


今ならわかる、ゆまの気持ちが。

ゆきちはオレにとって宝物だ。何より愛している。だけど、「本当の父親か」と言われれば、やはり違う。ゆまと前の男が別れたと言っても、ゆきちにとっては、いつまで経っても、そいつはお父さんだ。

女として別れた男と逢っていれば、それは裏切り行為だろう。だけど、その男との間にできた子供の誕生日に、子供のために逢うのは、仕方ないことだ。子供がいる女性と一緒になるということは、そういうこともすべて受け入れることだった。

しかし、この時の狭量なオレは受け入れてやることも、気づかぬフリをすることもできなかった。ノッてる時は、多少、強引に物事を進めても上手くいくというのに、一度つまづいてしまうと、今までのツケが回ってきたかのように、災いを独り占めしてしまうクセがオレにはある。タイミング良く、かけていたシノギがずっこけた。

いつものことだ。こうなるとオレは踏ん張りきれない。すぐに投げ出してしまう。それで、シャブに手を出した。なんの理由にもなりはしない。自分自身に呆れ返り、笑うことすら忘れてしまいそうだ。オレは十年もの間、刑務所で何を学んできたのだろうか。また、同じようなことを繰り返した。後は、堕ちるべくして堕ちていき、それだけでは飽き足らず、はた迷惑にもトチ狂った。

シャブボケがよく口にする、「盗聴されてる」だの、「張られている」だの、「みんなグルになって、オレのことをバカにしている」だの、自分でも理解できない領域に達していった。猜疑心におかされたオレは、ゆまの行動を監視し続け、カスのように携帯をチェックして、猜疑心を募らせまくった。やっていることが最悪だとわかっているのに、やめられない自分。

自己嫌悪、シャブ。自己嫌悪、シャブ。自己嫌悪、シャブ……。エンドレスに続く破滅。そして凶行に走った。白昼に見ず知らずの通行人、二人に対して……。

どうしようもなくなったゆまが警察へと通報し、オレは社会での生活にピリオドを打った。これで控訴など、生きたいなどと、言うことが許されるだろうか。

7

　正月休みが明けても、「使者」は続々とオレのもとへと送り込まれてきた。ついには、編集者の佐藤さんまで訪れ、

「ほら、見て下さいっ！　こんなにもあなたの作品を読んで感動してくれる人たちがいるんですよっ！　この人たちのためにも生きて、また人の心を震わせるようなどんでん返しの小説を書いて下さいっ！　ねぇっ控訴しましょうよっ！」

　全国の奇特な方から届けられたファンレターをバックの中から取り出してヒラヒラと振りながら、オレを必死になって口説こうとしてくれた。原稿を送ったことで知り合っただけの関係だというのに、わざわざ東京から面会へと来てくれて、オレのために一生懸命になってくれている。「本当にいい人だな」と思った。

　そして、運命の分かれ道。控訴期限一杯となる最終日の一月七日がやってきた。日付が変わる午前〇時までに控訴の手続きを取らなければ、泣いても笑っても、絞首刑が確定してしまう。

　昼過ぎに面会へと訪れたゆまは、泣きたくなるくらい優しかった。

　もう控訴については、何も言わなかった。

　二人ともワザと、その話題を避けるかのようにはしゃぎ合った。

「すぐにわかったよっ。ゆきちはニヤニヤしながらウロウロしてるし、杏ちゃんは、杏ちゃんで、可哀想なくらい、オドオドしてるねんもんっ。見てるコッチが、ハラハラして気ぃつかったわっ」

バレておらんと思っていた。オレの中では、アカデミー男優賞並みのしらばっくれ方、だと思っていた。ゆきちのほうは、ゆまの指摘通り、オレも見ていてハラハラさせられるシーンが幾度かあったが、それでも男同士の約束を交わし合っているだけあって、なかなかの名子役ぶりだった。

ましてや、ゆまを観察している限り、気づいているふしなど、どこにもうかがえず、当日のあの驚き方が、実は作られた演技だったとは…どうもアカデミー賞は、オレでもゆきちでもなく、彼女にふさわしいらしい。女は生まれ持っての女優というもんな。

もう、遠い日の話に思えるけれど、まだあれから一年と少しの歳月しか流れていないというのが、とても信じられなかった。それだけ、色々なことがあり過ぎた。

あの頃のオレに、どれだけ未来の破滅っぷりを話して聞かせてやっても、笑って相手にすらしないだろう。いや、オレのコトだ。逆上して殴りかかってくるかもしれん。

幸せだった。

失って初めて気づくというけれど、失わなくても、今自分が幸せのど真ん中にいることを実感できるくらい、オレは幸せだった。

「これがいいっ！」

ショーウィンドウの中で、ひと際輝く指輪をゆきちが指差した。なかなかのお値段である。

「ほんなら、コレにしよかっ」

ゆきちにそう答え、営業スマイルをペタリと貼りつけ、無駄にニコニコしている店員に、

「お姉ちゃん、コレちょうだいっ」とゆきちが選んだ指輪を指差した。

「くみちょう、ゆきちの五百円、ちゃんと持ってきたかっ？　使ってないかっ！」

どれだけ、しがないヤクザのオレとはいえ、保育園児から預かった一ヶ月分の彼の収入である小遣いを着服してしまうほど、落ちぶれてはいない。

白の手袋をはめ、慣れた手つきでショーケースから指輪を取り出し、プレゼント用に包装する女性店員の姿をゆきちは凝視していた。

目の前の光景ひとつひとつが、みんな幸せにつながっている気がしていた。ほんの少し前までの、十年に及ぶ懲役生活が色褪せ、今なら笑って振り返ることができそうだった。あれだけ辛かったこと、苦しかったこと、孤独だったこと、永遠に感じた時間のことや絶望の狭間でのたうち回り途方に暮れたことが、恨み辛みを残してきた刑務官の名前まで、オレの中で風化しようとしていた。今のこの暮らし、この場所だけは、なくしちゃいけな

いと思った。いつまでも、この幸せが続いて欲しかった。

「ないしょやんなっ！」

デパートの帰り道。どうしてこんな愛らしい顔をするのだろうと思えるほどの笑顔で、ゆきちが同意を求めた。明日はゆきちにとってのママ。くみちょうにとっての姐さん。もとい彼女の二十三回目のバースデーだった。

同じ誕生日プレゼントを贈るのなら綺麗なお金でプレゼントを贈ってやりたいと、アホなりに考えたオレは、知り合いの建築現場で十日間、汗を流した。刑務所の中での作業ですらサボることしか考えていなかったオレが、初めて地下足袋を履き泥にまみれた。

「そうやで、ゆきち。明日まで絶対にママにゆうたらいかんでえ」

ゆきちとオレは明日の当日まで素知らぬフリを決め、ゆまを驚かすことを誓い合った。

「くみちょうっ、おとこどうしのやつかっ」

「おうっ、男同士のやつや」

帰宅後のゆきちの動きは、それは危なっかしかった。ゆまに言わせれば、オレのほうも可哀想なくらいオドオドしていたらしいが……。

「どうしたんよっ、ゆきち？」

ゆまの回りを、嬉しくて仕方ないといった感じでまとわりつくゆきちに質問が飛んだ。

「えぇっ？　なんもないやんな～っ。なっ？　くみちょうっ」

あきらかに怪しげな素振りで、オレへ話を振り、場をしのいでみせた。

「お、おう。おうよっ！　ほんまになんもないでっ。ほんまやでっ」

ひきつった笑顔で、そう答えたオレだったが、よくよく考えれば「バレバレでんがな」である。しかし、この時のオレは露とも疑わず、ゆまの鋭い目を盗んでは、ゆきちと二人で意味ありげな笑みを浮かべていた。

まさか、翌日のプレゼントを渡した時の、あのびっくりした顔が演技だったとは…。やはり女は、生まれ持っての女優である。

8

なんだか、自分が人生の瀬戸際に立たされているというのが信じられないほど、この日の面会は平和裡に流れていった。死刑判決を言い渡された翌日にゆまの涙を見て、もしかしたら終わるんじゃないかと感じたことも錯覚に思えた。

「ほんじゃ、また明日ねっ」

「ああっ。いつもありがとうなっ。ゆきちにもよろしく言うとってやっ」

いつものように彼女はシャバへ、オレは獄中へと戻っていった。

午後三時を回っていたであろうか。房の中に時計などありはしないので、はっきりとした時間はわからない。房の前へと現れた連行担当に、視察口から弁護士面会を告げられたので、まったくやる気の見当たらない、しょぼくれた国選弁護人が最後のお役目として、ひそひそとやってきたのかと思った。

弁護人専用の面会室というのは、一般面会室に比べ、少しだけ豪華だ。とは言っても、少し広いのと腰掛けるイスが少しだけしっかりしているという程度だ。

オレより後に面会室へと入ってきた男は、同じ弁護士でもしょぼくれた国選弁護士とは月とスッポン。同じカテゴリーに入れることさえはばかれるくらい、まさに先生であった。見た目だけで凄腕とわかる先生の目は、かけた眼鏡の奥でキラリと光っていた。高そうだな、と思った。眼鏡もだけど、弁護士費用のほうがだ。

先生は「初めまして。東京弁護士会に所属する河村です」と、簡単な自己紹介をした後、来所した理由を話し始めた。

「依頼人のご希望から表だってお名前を申し上げることはできませんが、その方からのたっての希望で、私がこの事件の控訴審を受け持たせていただくことになりました。もちろん、あなたが選任して下されればの話ですけどね」

どっかで見たことがある、このシチュエーション。かの成り上がり漫画。極道たちのバイブル。あのストーリーと、ここだけ同じではないか。オレは心の中で絶叫していた。もしや、このままタイムスリップしてしまうのか――と。

「調書のほうも拝見させていただきました。まぁ、なんとかなるんじゃないか、というのが率直な私の感想です。現法廷というのは、もの凄く世論を気にしましてね。いくら事件当時、被告人が心神喪失している場合は罪に問うことはできない、と六法でうたっていても、まずそれを認める判決を出すケースはありません。世間を震撼させればさせるほど、引き起こした事件が凶悪であればあるほど、皆無といってよいでしょう。精神鑑定というのは、数字の公式のように、こうなって、こうなって必ず答えはこうなる、というものではなく、同じ人間を鑑定したとしても、鑑定人によって、必ずしも一致する、というわけにはいかないんですよ。気を悪くなさらないで聞いて下さいね。もし、あなたを三人の医師が鑑定したとします。そのうちの二人が心神喪失だという鑑定結果を出したとしても、残る一人が正常。つまり、責任能力があると言えば、その鑑定結果こそがもっとも信用に足るということで、裁判所に採用されてしまうんです」

一般面会と異なり、弁護人は接見に際しての時間制限はなく、刑務官が立会いにつくこともない。オレは口を挟むことなく、圧倒されたまま、先生の話を聞き入っていた。

「仮に三者が三者とも心神喪失の鑑定結果を出したとしても、今度は検察官の意向にそったもっとも信用できる鑑定人が登場し、責任能力あり、の鑑定結果が出されるまで、延々と精神鑑定は繰り返されます。そして、医学界では、刑事裁判で正常という鑑定を述べた学者が出世していき、バカ正直な鑑定結果を書いた医師は、窓際に追いやられる、というわけです。裁判官にしてもそうです。昔は、刑事事件で三回、無罪判決を出せば、出世できない、と言われていましたが、今は世間の誰もが知る凶悪事件を受け持ち、一度でも無罪という判決を出してしまえば、その判事の出世は閉ざされてしまう、と言っても言い過ぎではないでしょう。考えてみてください。あの連続幼児誘拐殺人事件の犯人。あれなんて、わざわざお偉い鑑定人の先生が鑑定しなくても、我々、素人目にだって、異常だとわかるわけじゃないですか。それがどうですか。正常で、責任能力あり、の鑑定結果が出され、首を括られるんですから。そういうものなんです」

「お偉い」という言葉を口にした時の喋り方で、河村先生が鑑定人のことを快く思っていないことがうかがえた。

「遠回りしてしまいましたが……」

と、先生は断りを入れた後、いよいよそこから話の核心へと入っていった。

「戦略としてはこうです。精神鑑定を申請します。そこで狙うのは、心神喪失ではなく、あくまで心神衰弱のほうです。ご存知かと思いますが、心神喪失は無罪、心身衰弱は刑が一等減刑され、死刑ならば無期になります。伊丹さん、裁判はあくまで戦です。私は負ける戦はやりません」

オレを見つめる河村先生の目は、自信に満ち溢れていた。場違いだけど、河村先生の目を見て、「いいな」と思った。自分の職業に誇りを持っている人の目だ。

「控訴して下さい。選任届は一階の差し入れ窓口で入れてありますから。私なら、あの連続幼児誘拐殺人犯だって無期にできましたよ」

ニヤリと河村先生は、笑みを浮かべて立ち上がった。そして踵を返しかけて、まるで演技がかったかように、こんなことを呟いた。

「あっ、そうそう、これはあくまで私の独り言なので、聞く聞かないは自由ですけど、確か、あの方はこんなことを言っておられたな。これが親としての最後の命令や。控訴せえっ。生きて帰ってこい。親のワシより、はよ死ぬなんて許さへんど、とね。では、失礼」

河村先生の独り言には、親父の物真似が入っていた。親父のことを逆恨みしたこともあった。こんなこと、しでかしておいて、「もう死ぬねんから、面会くらい来てくれてもええやんケッ！」と思ったことも正直あった。まだハナタレだった頃に拾われて、歪んだ性格を徹底的に叩きのめされた。デキがすこぶる悪かったので、龍ちゃんなんかより人一倍、親父のゲンコツを喰らった。オレは片親だったから、その親父のゲンコツが嬉しかった、本気でオレと向き合って叱ってくれる親父が嬉しかった、なんてことは間違ってもなく、どつかれ、しばかれ、蹴り飛ばされるたびに逃げ出したりもしたし、ヤクザを辞めてやろう、と思ったことも一度や二度どころではない。

ハタ目には、素晴らしい男の中の男と映っても、仕えていれば綺麗なところばかりではない。嫌なところだって見えてくる。納得のできないことだって、何度もあった。

「オッサン、ゆうてることちゃうやんケッ！」と反発を覚えたことだって、何度もあった。それでもオレは親父が好きだった。

口に出したことは一度もなかったけれど、オレにとっては、たった一人の親分だった。親父には、すべての負の部分を補っても余りある、人間としての魅力があった。あの人の子分で、あの人の若い衆で、オレは本当に幸せだった。

還房した後のオレは、ある種の興奮状態の中で、河村先生の話を反芻していた。本当に死刑が無期になるのだろうか。正担当が二枚の書類を持ってきたのは、ちょうど、そんなことを考えている時だった。鉄扉を開錠させた正担当は、「座っていい？」とオレに断りを入れてから、入り口に腰を下ろし、書類を一枚差し出した。受け取った書類は、先ほど、河村先生が差し入れして帰った選任届だった。

そして、もう一枚の書類も続けて受け取った。控訴申立書だった。

「こんなこと、ワシの立場でゆうたら、ホンマはあかんねんけど、伊丹、控訴してくれへんかっ」

被っていた官帽を脱ぎながら、正担当は、まるで懇願しているような表情でオレを見た。それは、同情かもしれない。憐れみかもしれない。それでも、なんて優しい目なんだろうと、ここでもオレは人の温かみに触れていた。

「まだ、伊丹は三十一やろ。まだまだやり直しの利く歳やんか。やったことは取り返しつかんくても、最後まで、可能性は捨てて欲しないねんっ。ワシは職業柄、こうして色々な人間をここで見てるけど、やっぱりわかるもん。ああ、コイツは心から反省しとるな、とか、ああ、コイツはまた同じことやりよるな、とか。ワシは毎日ここで、伊丹見てるからようわかるねん。自分がどれだけ反省してるか、償おうとしてるか、ようわかるねん。苦しいと思う。辛いと思う。それでも、崩れんとキチッと生活してる態度は、ワシら官から見ても立派やもん」

オレの小説が、この場所からシャバに出たのも、この人の尽力が少なからずあった。検閲と称して、一番最初の読者になってくれたのも、この人だった。

中での生活が人より長いおかげで、この人が色々な犯罪者を見てきたように、オレも多くの刑務官と接してきた。大抵の刑務官は制服というヨロイをまとっているせいで、その人間が持つ本質は消え失せ、四角四面のモノ言いをする者が多かった。が、中にはこの人のように、人としての温かみを持って接してくれる人もいた。

あんな取り返しのつかないことをしてしまったというのに、まだオレを生かそうとしてくれている。この人だけではない。

ゆまにしても、龍ちゃんにしても、親父にしても、兄貴にしても、オレのおかげで大いに迷惑を被っているというのに、みんながオレを生かそうとしてくれている。叶うことなら、そういう人たち一人一人に、生きて恩を返したかった。

けれど、オレの両手は、汚れ過ぎていた。もうこれ以上、いたずらに生を望むべきではない、と思った。みんながこうやって惜しんでくれているうちに、この世を後にしようと思った。もう誰にも憎まれたくなかった。

弁護人選任届にも、控訴申立書にも、オレは署名しなかった。

いつもの面会室へ入ってきたゆまの表情は、いつにも増して強張っていた。

「おはよ」という声も、かたく震えていた。ムリに笑おうとする、その姿が痛々しかった。

オレは「ごめん」と言って唇を噛んだ。ゆまは、その一言ですべてを察し、強張らせていた表情を涙であふれ返らせていた。

「杏ちゃんが…杏ちゃんが、決めたことやからっ…」

オレを責めもしなかった。非難もしなかった。そしてオレが口にした言葉が、

「なんで、なんでこんなオレなんかに優しくしてくれんねんっ」

だった。アクリル板越しに、真っ直ぐオレを見ながら、ゆまは答えた。

「杏ちゃん、ほんまにアホやろ。好きやからに決まってるやんか。こんなんなっても杏ちゃんのこと、こんなんなっても、杏ちゃんのこと好きやからにっ…」

オレのことなんて、もういいよ。自分のために幸せになってくれ。オレのことなんて忘れてくれ。そう思う気持ちも本音なら、死ぬまで愛して欲しい、ずっと愛し続けて欲しい

と願う気持ちも、オレの偽りない本音だった。オレは、子供みたいに泣きじゃくるしかなかった。

「ごめんな、控訴できんで…ホンマごめんなっ、でも一日でも長く生き延びるわなっ」

ゆまは、泣き笑いのような顔をしながら、「うん」と何度も何度もうなずいた。

それから二週間後。問答無用でオレは、処刑台のある拘置所の四舎二階へと移送されていった。ただ、殺されるためだけに……。

第四章　無間

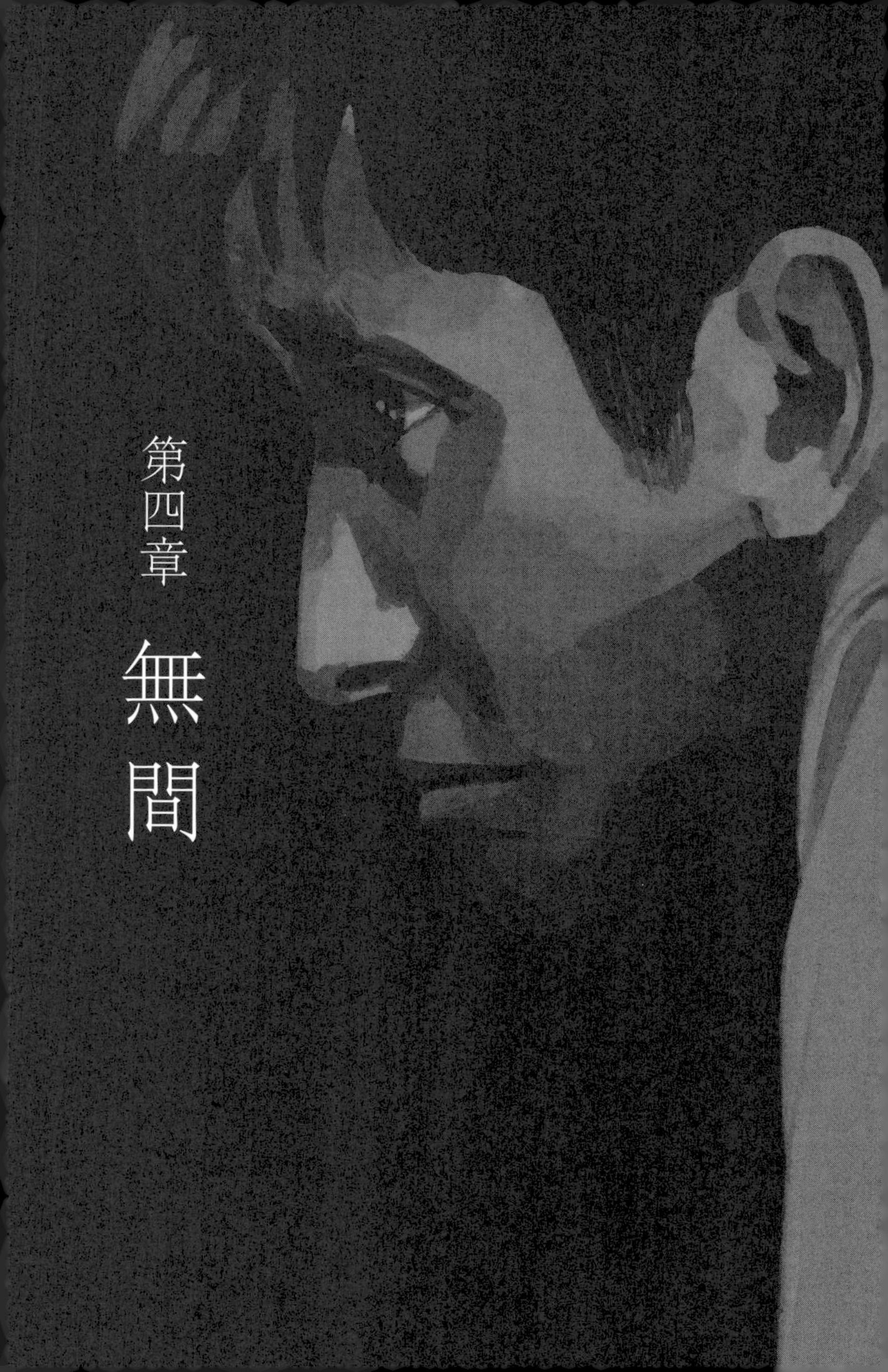

1

はっきり言って、死ぬほど後悔した。

死ぬことが、処刑台に上がるためだけに暮らすことが、これほどまでに苛酷な恐怖かと、知りたくもなかった。金曜日の朝を迎えるたびに、控訴しなかった過去を呪い続けた。

呪い続けたけれども、もし過去に戻れたとしても、オレはやはり、後に自分に呪われることになったと思う。ケジメとか筋とか、そんな上等なもんじゃないけれど、それが最期にオレに残された人の道だった。

だが、今日という今日は、許さん！　と思った。たとえ人の道に反しようとも、残り少ない人生に、これ以上の後悔はいらない。もう許さんのだ。

地獄と同義語の、死への待ち合い室。このシニ棟に収容されて、この一二月を送れば、一年が経つ。その間、たいがいオレは我慢してきた。

ただでさえ絶望や恐怖との共同生活を余儀なくさせられているというのに、それとまったく関係のない人間関係なんぞで、なぜいらぬストレスを蓄積せねばならんのか、理解に苦しんだ。人間関係など、獄であれシャバであれ、生命の保証のある者が、生活を営むために悩んだり築き上げたりしながら悪戦苦闘するものであって、風前の灯の身である死刑囚のオレが、今さらなぜそんなもので苦しまなければならんのだ。

オレにしては、よくここまで我慢してきたと思う。我慢だけではない。奴の傍若無人の振る舞いに対して、これも罪の償いのうちだ、そのうち奴も殺されるのだ、と思い込もうと努力だってしてした。だが、もう我慢ならん。

なぜに、一日一回たったの三〇分の楽しいはずの運動時間に毎度毎度、奴のおかげで、ガリガリと神経を削られ続けんといかんのだ。気の悪い思いをさせられんといかんのだ。

「最近のガキは、挨拶すらろくにできんのかいっ！　ヤクザやっとったって？　フンッ！　笑わすなっ。墨ついて当番入っとったら、ヤクザちゃうぞっ。フンッ‼」

運動時間が終わり、屋上から四階へと戻ってから、一旦廊下に整列させられた後、各自が各房へ吸い込まれていく間際、鬼ガワラのコンチクショウは、当てこすりのように、こんなことを抜かしやがった。

鬼ガワラの指摘にもあった通り、ここ一週間は運動で顔を合わせても、オレのほうから挨拶することはなかった。嫌いだからだ。もちろんそれも大いにある。大ありだ。それだけではない。こちらが挨拶しても、オノレの気分によって無視するからだろうがっ！

オレは、我が房で顔を真っ赤にさせながら、湯気が出てるんじゃないかと思うほどの怒りで身を震わせた。

この一年、ことあるごとにオレと鬼ガワラはぶつかった。というよりも、いちいち奴のほうがケチをつけてからんできた。オレに対してだけではない。他の運動メンバー、浅田のおっさんにも、宮崎にも、横山のやっさんにも、オノレの虫のいどころ次第でからみついた。もちろん、刑務官や当所執行の雑役にだってだ。

それはもう、鬼ガワラは、見事なくらい人々から嫌われていた。そして、それと同じくらい恐れられていた。

鬼ガワラは、たった一人で抗争相手の事務所へと乗り込み、その場で四人のタマを上げ、オノレも四発の鉛を、その体躯にぶち込まれたが、死に至らず、ここでトドメを刺されることになった。いわば、極道界では、生きる伝説として語り継がれている人物だった。

伝説と現実は、こうも違うものなのだろうか。それはある意味、人間不信にさえ行き着く。何を隠そうオレも鬼ガワラとここで〝顔がつく〟まで、奴のことを尊敬していた。

奴というよりも、実話誌で連載されていた、伝説の極道の鬼ガワラの方をだ。凄い人もいるもんだ、とすっかりあざむかれ、だまされていた。あれ以来、あの雑誌が書くことは何ひとつ信用していない。何が伝説のヒットマンだ。伝説は伝説でも、鬼ガワラの場合、違った意味でハタ迷惑な伝説だった。

なぜ鬼ガワラは、ここでそんなハタ迷惑な伝説を築き上げられるのか。普通レベルの人殺し程度の死刑囚が、鬼ガワラと同じ立ち振る舞いでここで暮らそうとすれば、他の死刑囚も黙ってはいない。三日もせぬうちに、その者は骸となって、シャバへ帰っていくだろう。

　ここは、出所することを目的として務めている刑務所などではない。散々なことをしでかしてきた者が殺されるためだけに集う場所なのだから、今さら失うものなど何もない。一人一人が社会で地獄絵図を作成してきた者ばかりなのだ。そんな人間の仮面を被った畜生どもが、鬼ガワラの前では猫を被っている。何も鬼ガワラの勲章や武勇伝を聞いて、ためらっているのではない。奴の体躯に恐れをなしているだけだ。

　まるで鬼ガワラは動く小山だった。いくら腹立たしいとはいえ、小山のような虎に踊りかかっていけるか。もしかしたら、虎よりも強い可能性だって十分秘めている相手に挑んでいけるか。顔だけで、畳半分のスペースはありそうなくらいデカい、そんな相手に立ち向かおうとしていた。ズボンのポケットに忍ばせた道具（ボールペン）だけを頼りに……。

　翌日、オレは整備隊の「運動用意！」の号令に立ち上がり、肚を決めて運動場へと向かっていった。

「おうっ、伊丹くん、おはようさんっ！」

　こういう時に限ってこうだ。普段はどんなことがあっても「おはようさんっ！」などと挨拶なんて絶対しないクセに、不釣り合いな愛想なんかを振りまいてきやがる。

　そんな気持ち悪い態度で接せられると、急に気が抜けかけてしまうではないか。萎えそうになるオレを怒りが叱咤した。

「おいっ、昨日入房する時のあれ、オレにゆうとったんかいっ」

挨拶も返さずに、オレは畳半畳はありそうな鬼ガワラの顔を見据えた。

「はあ？　入房する時？　運動の後の？」

キョトンとして見せる鬼ガワラ。

「なんかゆうとったやんケッ。最近の奴は挨拶もろくにできんのかいっ、とかなんとかって、アレ、オレにゆうとったんかいっ！」

隠し持っていたボールペンをズボンのポケットの中で握りしめた。鬼ガワラの表情が少しでも変わり、「さっきからオドレ、誰に向こうて口きいとんじゃい！」となったら、ためらわず右目をえぐり抜いてやるつもりだった。少しでも躊躇すれば、間違いなくコチラが殺られてしまう。

「ちゃう、ちゃう、違うがなっ！　面会に来よったワシとこの若い衆のことやがなっ。なんでワシが、自分のこと言うねんなっ」

小山が噴火したようなオーバーリアクションを取って、鬼ガワラは否定した。ひん曲がっているクセに根が単純に出来ているオレは、拍子抜けしながら握りしめていたボールペンを離した。

「えっ？　なんや、そうですのっ。てっきり、自分のことゆわれてんかなって勘違いしてもうてましたわ。生意気言うて、すいませんでしたっ」

と、明るい声で詫びを入れてしまったではないか。やはり、こんな生活を強いられているおかげで、少しばかり神経質になり過ぎてしまっているようだ。誤解が解けて、打ち解けてみると、案外いい奴にさえ感じてしまう。早まって、ボールペンを突き刺したりしなくて、本当によかった。と思ったのも、ほんの一日だけだった。

次の日。昨日のノリでオレのほうから、

「先輩、おはよやすっ」

と挨拶したのだけど、「フンッ！」と横を向かれ、思いっきりの完全無視を喰らわされてしまったのだった。こちらから清々しく挨拶してしまったことも後悔したし、「勘違いしてもうてましたわ。生意気ゆうてすいませんでしたっ」と謝ってしまったことも心底後悔した。あの時、ボールペンを右目に突き刺さなかったことが悔やまれた。

恐怖が支配した闇の中では、外界の陽など当たりはしない。

死ぬためだけに、司法の手に葬り去られるためだけに、寝て起きてを繰り返す毎日。未来がないのだから、希望なんてあろうはずがない。だけど、まだ生きていた。

こうして殺されるためだけに泳がされているが、死んではいなかった。確かに、オレはまだ生きていた。

腹が立っては、ボールペンを突き刺してやると怒り、口が滑ったかと思えば反省し、楽しければ笑っていた。普通の人間となんら変わらない感情を毎日感じながら、一瞬一瞬を生きていた。いや、生かされていたのだった。

2

前略

どれだけ、あんたは迷惑をかければ気が済むのでしょうか。

十年もの間、刑務所で何を反省してきたのでしょうか。

やれ金を送れだの、やれ本を入れてくれだのと、あんたは言ってきましたね。これが、本当に最後と思い、甘やかしたのがいけなかったのでしょう。

私は中学校を出てすぐに働いたことは知っているでしょう。でも、給料は全部、ばあちゃんとじいちゃんに渡していました。もの凄く貧乏したぶん、苦労したぶん、あんただけには不憫な思いをさせてはいけないと思い、なんでも買い与えてしまったことがいけなかったのでしょうね。働いて、働いて、あんたを立派にしようと一生懸命働いてきました。そんな私を、あんたはどれだけ苦しめれば気が済むのですか。

あんたのおかげで、老後の楽しみもすべてなくなりました。嬉しいでしょう。人にばっかりいい格好をして、たった一人の身内を苦しめた罰です。

死んで償いなさい。死になさい。こんなことを書くのがどれだけ辛いことか。あんたにはわかりますか。

あんたを恨んでいます。産むんじゃなかったと、毎日後悔しています。もう、あんたの母親はやめました。あんたのお母さんは死にました。二度と手紙も書いてこないで下さい。本当に迷惑です。

私に少しでも悪い、申しわけないという気があれば、そっとしておいて下さい。鬼の子のあんたには、そんな気持ちなどないでしょうが…。朝晩、必ず手を合わせて、「ナンミョウホウレンゲキョウ」と唱えなさい。ばあちゃんやじいちゃんが毎日やっていたでしょう。手を合わせて、「ナンミョウホウレンゲキョウ、ナンミョウホウレンゲキョウ」とお題目を唱えなさい。楽になれます。

寒い日が続きます。身体に気をつけて、あんたも男だったら頑張ってみせなさい。無理ばっかり言って、ゆまちゃんだけは、困らしなさんなよ。

草々

昔、あんたの母だったおばさんより

「そりゃもうヘコみ倒すようなこと書いてあったわ。鬼の子とかなっ」

「仕方ないやんっ。でも、ホンマは心配で仕方ないねんで。だってこの前、お母さんがゆきち連れて遊びにおいで、って言うてくれてな、姫路行ってきてんけど、お母さん、杏ちゃんの小さい頃の写真見せてくれながら、ずっと杏ちゃんのこと気にしとったもん」

昼下がりの面会室。昨日、母から届いた手紙の内容を、落ち込みながらゆまに話していた。話題を変えるように、ゆまは、「そうそう、その時にな、お母さんがゆきちに、バンバン買うてくれて、今ずっと、それで遊んでるわ。くみちょうがおったら、本物のピストルで遊べたのにな〜、やって」と、ゆきちの近況を続けた。

「アッハハハ、なんでやねん」

月にたった二回、時間にしてわずか一〇分の面会時間は、オレにとって何よりの楽しみだった。何気ない会話のやり取りの中に、オレは幸せを感じていた。手を伸ばせば届く距離なのに、二人の間を遮るこのアクリル板が、その距離を永遠にさせてしまっている。

もう目の前のゆまの手を握ることも、肌に触れることもオレにはできない。多分、オレは、このまま処刑台に上げられ、刑を執行し終えるその瞬間まで、自分の愚かな人生を後悔しながら、死んでいくのだろう。

ゆまが微笑めば微笑むだけ、胸が痛んだ。それでも、まだオレの瞳の中には、ゆまがいた。手を握れなくとも、彼女の体温を感じられなくても、オレの瞳には、確かにまだゆまが映っていた。

3

運動のメンバーの中でいえば、一番穏やかな人柄が浅田のおっさんだろう。つるっとハゲ上がった頭の両サイドに、申しわけ程度に生えている髪の毛は、波平さんを彷彿とさせ、場違いな善人顔。四舎二階なんかにいるより、「いや〜、さっぱり売れねえなぁ〜」とニコニコしながら、シャバで大根なんかを売ってるほうがよく似合う。

浅田のおっさんが何をして、どうしてここにいるのか、まったく知らない。鬼ガワラや宮崎のように、世間に強烈なインパクトを与えた事件なら、本人が語らずとも、おのずと周囲に知れ渡ってしまうし、横山のやっさんのように冤罪を訴え、本人から二十回以上は聞かされた、話すたびに微妙に変わる脚色盛りたくさんの事件話をしゃべりまくっていれば、コイツはこういうことをして死刑の判決を受けたのだな、とわかるのだけど、世間的に注目度も低く、本人も語りたがらなければ、何をしたのかわからない。

ただ、シャブの使用のみとか、盗っ人の常習犯のコソ泥ではないことだけは確かだった。ここ四舎二階を最終居住地として、根を生やしている以上、十中八九、人を殺めているのは間違いない。それも一人ではなかろう。殺めた人間の数が一人ならば、よほど人道に背いた殺め方のはずである。そうでもしなければ、ここへは来られない。

これが、一般の犯罪者レベルだったら、詮索好きな懲役が必ずいて、検察官顔負けのねちっこい尋問により、シャバで犯した罪をすべてめくられるところなのだか、ここではあまり他人の事件に関知しようとする奴はいない。聞くほうも話す方も虚しくなるだけだから、みんな現実から逃避するかのように、犯した罪のことは口にしなかった。

浅田のおっさんについて知っていることといえば、ここの住人となってもうじき八年になるということと、一人娘がいるということくらいだろうか。

いつもニコニコ笑顔を絶やさないおっさんだったけど、娘さんがおっさんのせいで「離婚することになってしまった」と、ボソッと呟いた時だけは、傍目にも気の毒な顔をしていた。

「伊丹さん、寒くなってきたからさ、風邪なんて引かないように気をつけてよ。風邪なんて引いちまったら、奥さんやボンが心配しちまうからさ」

おっさん、あんたは一体、何をして、こっちに落ちてきちまったんだよ。あんたはどう見ても、こっち側の住民じゃないだろうが。なんで、こんなとこに迷い込んできちまったんだよ。

口には出さなかったけれど、立ち振る舞いや、おっさんの穏やかな人柄に接していると、生かしてやりたかった。娘さんのもとに帰らしてやりたかった。

浅田のおっさんが死神に喰らわれたのは、それから三日目のことだった。冬にしては気持ち悪いほど温かな、やはり金曜日だった。

ヘタなヤクザ者なんかよりも、もちろんヤクザをドロップアウトしたオレなんかよりも、浅田のおっさんの肚は座っていた。男だった。

南側の扉から開かずの間へと吸い込まれていく時、半狂乱と化すことも暴れることもなく、一人一人の死刑囚の房の前で、

「お世話になりました。私は先に逝きますが、達者でやって下さい」

と、深々と頭を下げ、真っ直ぐ南側の扉を向いたまま、処刑台へと向かっていった。

かの吉田松陰の散り際は、平成の世まで語り継がれるほど見事だったという。それに比べ、浅田のおっさんの処刑は誰にも語られることもなく埋もれてしまったけれど、見事さだけでいえばおっさんの散り際も松陰に引けを取っていなかったのではないか。

一人の人間が処刑台に散ったというのに、ドロドロとした闇の底のような日常は、まるで何事もなかったかのように、今日も流れていく。罪深き死刑囚の死なんて、しょせんはそんなものなのだろうか。いや、死刑囚だけではない。人の死なんて、故人になった者の親近者や周囲の者以外にとっては、そんなものなのだろう。

この年の暮れに、一人の侍が死んでいった。

4

何かが起こる。何かが起ころうとしている。虫の知らせというヤツか？　そんな生易し

いものではない。視線を感じた。四方八方から、鋭く刺すような視線がからみついてくる。右を向けば左から。左を向けばうしろから。振り返れば、今度は前。おかしくなっているのはわかっている。自分がおかしいのは十分にわかっている。

わかっているけど、止められない。第六感が、本能が危険を感じ取ってしまうのだ。そして、危険が連れてくるのは混じりけのない恐怖。ぬぐってもぬぐいきれない恐怖。恐怖に侵された思考から、噴き出してくるのは猜疑心。どこかにあるはずだ。どこかに盗聴器が仕かけられているはずだ。意味も理由も根拠もない。思い出したら止まらない。オレは自室のそこらじゅうのものを手当たり次第にひっくり返し、ＣＤプレイヤー、携帯電話、テレビ、果てはパソコンに至るまで、二度と復元できないくらい、あるはずのない、見つかるはずのない盗聴器を探し求めた。

そして、我に返れば、迫り寄ってくる殺気。背後から。ゾクゾクと、身体と心が震え上がった。オレは肌身から離すことのできなかった青龍刀を握りしめた。

――殺れるもんなら、やってみんかいっ！

――殺せるもんなら、殺してみんかいっ！　殺せるもんならっ、えっ？　殺されるのかっ？　オレは殺されてしまうのか！　殺されてっ。

「うおおおおおおっっっっっっ！」

オレは、雄叫びを上げて立ち上がった。完全に壊れた。

——来るんやったら来てみんかいっ！おおうっ、こらっ！　かかって来んかいっ　おおうっ！

青龍刀を振り回して叫び倒した。

一瞬の静寂。そのしじまをぶち破るかのように、鼓膜に伝わる、タイヤを軋ませる派手な停車音。荒々しく一斉に開け放たれ、乱暴に開閉されるドアの衝撃音。我が家に迫り寄ってくる大勢の足音。すべてが連鎖音となり、鼓膜の中でスパークした。

——殺られる！　このままでは、確実に殺られてしまう。殺されてしまう。

慌てふためいたオレは、青龍刀を握りしめたまま、急いで部屋から飛び出した。リビングを出て、玄関まで向かおうとするが、足がもつれて思うようにたどり着けない。玄関までのわずかな距離が、果てしなく遠く感じてしまう。

——逃げなければ…早くここから逃げ出さなければ…。

その間も、大勢の足音が迫り寄って来る。

死にもの狂いで玄関までたどり着くと、今度は指先が上手に操れず、チェーンロックが外せない。刻一刻と荒々しい足音が近づいて来ている。ためらっているひまなどはなかった。青龍刀を振りかざし、チェーンロックをぶった切った。

そして、破滅へと続く、その扉をオノレの手で解き放った。

マンションの前。迫り寄ってきていたはずの大勢の敵たちも、タイヤを軋ませて停車させていたはずの車も、どこにも姿がない。

ただ、視界に映るどいつもこいつもがオレを見ていた。いや見張っていやがった。

携帯電話を耳にカン高い声で暗号を飛ばし、監視する女子高生。学生服を着た部活帰りの坊主頭の中学生。ママチャリを忙しく漕ぐ中年のおばはん。カブで真横を通過していった、作業着姿のおっさん。ポストに投函された郵便物を、回収している郵便局員。

どいつもコイツもみんなグルだ。次第に、オレを見ている奴らのすべてが、ゴニョゴニョと薄気味悪い声を発し始めた。それが段々とはっきりとした意味を持つ言葉になっていく。

——殺してしまえ。こんなクズは殺してしまえっ。

「うわわわわわわわぁっ！」

完全に壊れた脳内が崩壊してしまった。

——殺らなければ、殺られてしまう。殺らなければ、殺られてしまう。殺らなければ殺られてしまう……。

「うおおおおおおおっっっ！！！」

青龍刀を力一杯振り回した。無我夢中で休むことなく振りかぶった。そして、振り下ろした。突いた。突いて突きまくった。豆腐を突き刺したような感覚が、掌に伝わってきた。構わず突いた。青龍刀を突き続けながらも、声が枯れるまでオレは吠え続けた。心臓が悲鳴を上げ、爆発してしまいそうだった。苦し過ぎて声が途切れた。苦しくて、声が出ない。

声が……。

「うわっ⁉」

出た。汗を拭おうとした掌が、真っ赤に染まっていた。

「また……また、オレ…殺ってもうたやんけっ」

放心状態。それもわずかだった。すぐに背後から人の気配を感じ、青龍刀を握り直した。

振り返ると、いつの間にかオレは、自宅の前まで、帰っていた。そこに待っていたのは、ゆまだった。オレを見つめていた。氷のような、凍てついた視線で、まったく感情がわからない。ぞくっとした。ゆまの凍てついた目を見て、心がざわついた。

「ちゃうねんて。ホンマ、違うねんてっ、お前が別れた男と歩いてんの見てもうて、それで、それでっ……」

後は「それで」のオンパレード。とにかくオレは、こうなってしまった理由をちゃんと説明しなければと思い、ゆまに駆け寄ろうとして、進めかけた足が止まった。

笑っているのだ。ゆまが笑っている。口元が裂けるように吊り上がり、笑っている。オレは、唖然として立ち止まった。その瞬間、ゆまの背後から制服を着た警察官が雪崩れ込んできた。後ずさって逃げようとするが、足がすくんで動かない。

ズームアップされる警察官の群れ。観念するように目を閉じた。ギュッと閉じた。そして、ゆっくりと目を開けた。

滅灯された蛍光灯が、辛気臭い光を降らせていた。

「夢かいな……」

朦朧とした意識の中で、ホッとした。意識が覚醒していくにしたがって、ホッと胸を撫で下ろして、バカさ加減に気がついた。夢も現実も大して変わりはしない。前刑十年の刑期を務めている時も、同じような夢をよく見た。また人を殺してしまった夢だ。

今度こそ死刑だ、もうこれで一生、シャバへ出ることはできない……。

いつも、うろたえまくったところで目を覚まし、夢でよかった、とホッとした。あの時は、夢でよかった。途方もないほど先とはいえ、前刑にはちゃんと刑の満期日というものがあった。生きてさえいれば、再び社会へと返り咲くことができた。

だけど、今は夢も現実も変わらない。絶望につぐ絶望の先にあるのは破滅。希望なんて、未来なんて、あろうはずがない。それがオレの人生だった。眠っている時でさえ、安らぎなんかは存在しない。

人をまた殺してしまった夢か、それとも刑を執行され、殺される夢しか見ることができない。夜は地獄から這いずり出てきて、オレを引きずり込もうとしている。狂いそうだった。いや、むしろ狂いたかった。いっそのこと、狂いきってしまいたかった。ここがどこで、自分が誰だかわからないくらいに、狂ってしまいたかった。そうでもしなければ、首を括られる前に、自ら首を括ってしまいそうだった。

「どうかしたか？　えらいうなされとったけど」

食器口が静かに開かれ、巡回中の夜勤部長が顔をのぞかせた。

「いや、ちょっと夢見ただけですわ。なんもありません。大丈夫でっせ」

「そうか。まだ朝まで時間あるから、ゆっくり休めよ」

オレはコクリとうなずいた。

「オレはまだちゃんと正常なんか。もう異常なってもうてんのか……」

夜勤部長が立ち去った後、わずかに房内に差し込む月の光に照らされて、オレはそう呟かずにはおれなかった。

5

一年の御用納めとなる一二月二八日に客人はやってきた。

先に面会室に入り、パイプイスに座っていた客人は、すでに号泣していた。もうオレが死んでしまったと勘違いしてるんじゃないかと思うくらい男泣きしていた。

「兄弟が泣いてまうから、オレまで泣いてまうやんっ」

客人の龍ちゃんを見た瞬間に、オレも込み上げてくるものを抑えきれず、涙の雨を降らせた。長い付き合いだった。小学校に入学してからだから、もう二十五年になる。ガキの頃からの兄弟分、龍ちゃんは時折、息を詰まらせて、むせび声で言った。

「ごめんやでっ。ワシ……ワシ、何ひとつ兄弟の力になってやれんでっ……。兄弟のこと助けてやれんで…ホンマにごめんやでっ」

いつからだろうか。父親がいなかったことも、無意識のうちに関係していたのかもしれない。男は泣いたらいけないものだと、自分に言い聞かせて生きてきた。辛くても、悲しくても、人前では涙を見せずに生きてきた。そのオレが、また泣いてやがる。

懲役十年の刑期を言い渡された時も、涙は流さなかった。泣いたところで、何ひとつ変わりはしないことは知っていた。それなのに、泣かずにはいられないことが、我が身にたくさん降りかかり過ぎた。

「何を言うてんねんなっ。兄弟は何も関係ないやんか。もう謝らんといてえなっ。謝られたら余計に辛なるから兄弟、もう謝らんといてえなっ……」

龍ちゃんは出所したその足で、オレのところへと面会にやってきてくれたのだった。刑務所から届けられた手紙には、もし控訴しなければ兄弟分の縁を切る、とまで書かれてあった。そこまでしてでも、オレに控訴させようとする龍ちゃんの気持ちがありがたかった。心に沁みた。けど、オレは控訴せずに、こうして死の旅路へと進む道を自ら選んだ。

早く死にたいわけではない。生きたいというよりも、死にたくない、死ぬのが怖い、と言ったほうが正しいだろう。それでも、控訴はできなかった。怖くて、恐ろしくて、死にたくなくても、控訴することはできなかった。

もしかしたら、あの弁護士の先生にすべてを託していれば、未来は別のものになっていたかもしれない。それでもオレに、控訴することはできなかった。オレがこの世に生まれ落ちてきたおかげで、三人もの人が、見るも無残な最期を遂げたのだ。この事実だけは、何をどう取り繕ったところで、変わりはしない。もし控訴していれば、今よりも辛かったと思う。もうオレに生きる資格は残っていなかった。

「龍ちゃん、あんま泣かんといてやっ。それ以上、泣かれてもうたら、はよ死ななあかんのちゃうかって気がしてくるやんっ」

「何ゆうてんねんっ。杏ちゃんみたいなやりっ放し、向こうがまだ来てくれるな、言いよるわっ」

龍ちゃんは泣きながら笑う表情を作ってそう言った。いつしか、互いのチビの頃の呼び名で呼び合っていた。あの頃からずっと、龍ちゃんだけはオレの味方だった。変わり者でへそ曲がりのオレを理解してくれていた。

オレも龍ちゃんも、オレが起こした事件のことには一切触れなかった。今さら触れても意味がない。そのことをオレも龍ちゃんも理解していた。過ぎたことは変わらない。終わったものは始まらない。泣き言を言っても、現状は何ひとつ変わらないし、過去へと戻ることはできない。それが、オレや龍ちゃんが生きてきた世界だった。

「あんな、杏ちゃん……。オレ、カタギになろう思てな」

言葉のやり取りの中で、わずかにできた空白を埋めるように、龍ちゃんは唐突に切り出した。もしかしたら、今日、龍ちゃんはそのことを告げに来たのかもしれない。

何をゆうとんねんっ、たかだか二〜三年、中おっただけで、懲役さぶなったんかいっ、カタギなるて、三十過ぎたオッサンが今さら何できんねん。やめとけっやめとけっ。

過去のオレなら、そう言って笑い飛ばしただろう。だけど今のオレには、その原因の一部が、オレにあるような気がして、ただうつむくしかなかった。

「違うで、杏ちゃん。なんも杏ちゃんのせいとか、そんなんと、違うねん。もうすぐ娘も四歳なるしな、嫁さんに最後の面会で泣かれてもうてな。ここらが潮時かなって、思たねん。ヤクザで飯食える時代と違うしな」

十年の懲役から社会へと戻ってきた時、父親になっていた龍ちゃんを見て、不思議な気持ちになったことを覚えている。ヤクザとはいえ、三十にもなれば、チビの一人や二人いてもなんら不思議なことではないのだけど、オレの体内時計の針はハタチのところで静止したままで、ガキの頃からずっと身近にいた龍ちゃんに子供ができたと聞かされても、龍ちゃんの面影を宿した赤ちゃんを目の当たりにしてもなんだか信じられなかった。そうか、あの赤ちゃんだったあかねが、もうすぐ四歳になるのか。あかねの顔を思い浮かべようとしたが、オレの頭に浮かんできたのは、娘のためと言うけど、やはりオレのことが無関係ではないだろうという想いだった。

「そろそろ、よろしいか」

会話の途切れたタイミングを見計らって、話の内容を台帳に記していた看守部長が面会終了を告げた。

「杏ちゃんっ！」

パイプイスから立ち上がった龍ちゃんは、両の掌をアクリル板へと押し当て、力の込もった目でオレを見た。オレも立ち上がり、アクリル板越しに、龍ちゃんの掌に掌を重ねた。

「杏ちゃん、もう泣いたらいかん」

その言葉にまた流れ出た涙のせいで、龍ちゃんの顔が揺れた。

――杏ちゃん、もう泣いたらいかんっ、泣くな、杏ちゃん！

同じセリフをガキの頃に言われたことがあった。あれはいつのことだったか……。そうだ、チョロQを上級生に奪い取られた時だった。

――オレが取り返してきたるから、男やったら泣いたらいかんっ。

そう言って龍ちゃんは、殴り込みと言っては大袈裟だが、二つも年上の四年生のところへたった一人で出かけていき、大きなコブをオデコにこさえてきたけれど、掌の中にはチョロQを握りしめて、戻ってきたのだった。あの時と、何も変わらない声だった。

「負けたらあかん。何があっても負けたらあかん。苦しいのもわかってる。怖いんだってわかってる。それでも負けたらあかん。最期の最期まで、強いとこ見せたってくれっ！」

龍ちゃんの言葉に嗚咽を漏らしながら、オレは何度もうなずいた。龍ちゃんはいつまでも「泣いたらあかん」と繰り返した。いつしか、その声も、涙声に変わっていた。

6

正月というのは、何もシャバの人たちだけに与えられたものではない。塀の中とはいえ、懲役囚だって楽しみにしている。もちろん、死刑囚とて同じだ。

懲役囚のように、年が明ければ満期が近づくというわけではないが、どの凶悪犯もこの時ばかりは穏やかな顔つきになり、正月休みに支給される特別食を心待ちにしている。

もう、死ぬことしか、現世に残されていないとはいえ、それぞれが、もしかしたらこれが最期となってしまうかもしれない年越しをささやかに楽しんでいた。

そして、いつも幸せな時間は、あっという間に過ぎていく。絶望だらけの三六五日が今年も薄気味悪く幕を開けた。

来年の今頃も、こうして生きて新年を迎えることができるのだろうか。オレにとって、縁もゆかりもまったくない法務大臣のハンコ次第だった。

しかし、目の前の奴みたいに、「そんなこと、からきし関係ないもんねっ」と言いたげに、死の淵をヒョウヒョウと徘徊する猛者も存在していた。鬼ガワラのことではない。四舎二階の宇宙人こと宮崎のことだ。

平日の三日間。月、水、金の晴天の日に限り、オレを含めた社会と、そして刑務所すらドロップアウトしてしまった死刑囚たちは、少しでも人間らしく死んでいけるようにという当局からの細やかな配慮からか、運動場と偽り呼ばれている屋上のトリカゴのようなところで、五〜六人ずつに分けられ、アゴ（会話）に花を咲かせながら、日光浴と洒落込むことができた。周囲との交渉、雑談、コミュニケーションを一切剥奪された房の中で、大仏の如くチンと座り、ひたすら報われることのない無言劇を演じている者どもにとっては、人と話せる数少ない貴重な時間だった。

浅田のおっさんがお務めを果たしてしまったので、面子は鬼ガワラ、横山のやっさん、オレ、そして宮崎の四人になってしまっていた。どうも外界は皆、平和裡にやっているのであろう。おかげで、なかなか運動メンバーが補充されてこない。

目の前の宮崎は、先ほどから何がしたいのであろうか、と一生懸命観察しているのだが、もしかしたら人間でいうところの腕立て伏せをしているのではあるまいか。当人以外わからぬミステリーだが、オレには、腕立て伏せというよりも、爬虫類に生まれ変わった時の練習を今のうちからやっているようにしか見えない。くねくねと、すこぶる気持ち悪かった。宮崎は、オレのような駆け出しの死刑囚には理解に苦しむハードな動きを常に取っている。

周囲に目を向ければ、今日の鬼ガワラはバージョン1らしい。機嫌良く横山のやっさんとたわいのない会話で盛り上がっている。これがバージョン2になると、口をへの字に曲げてしゃべりもしやしない。口をきかないだけなら、魔除けとでも思い、放っておけばよいのだが、それが淋しいのだろうか。たまに、その存在をアピールするかの如く、岩のような拳でコンクリート塀をぶち、死刑囚と警備隊の刑務官を、「ヒヤッ」とさせてくれる。

ちなみに、この鬼ガワラ。本名は普通に「前田さん」といい、鬼ガワラとは、オレの心の中だけの通り名のはずだった。だけど、何度か口を滑らせてしまっている。横山のやっさんも二度ほど前田さんのことを「鬼ガワラさんっ」と呼んでしまい、前田さんから、

「こうらぁウメボシッ！　おどれ、三ヶ月と二日前の水曜日の午前一〇時二〇分の運動の時にも、ワシのこと鬼ガワラって呼びくさったけれど、どういう意味じゃいっ！　おう、こらっ！」

と正確な日時まで指摘され、しどろもどろになっていたところを見ると、どうもオレだけがつけたコードネームではなさそうだった。

鬼ガワラは、そのコードネーム通り、その風貌から顔面に至るまで凶器化しており、歩く無法者というよりも、歩く無法地帯であった。一人一人が血みどろの修羅場を作成してきた殺し専門の集団の中にあって、その凶暴性、根性の悪さに至るまで、群を抜いている

ぶっちぎりの鬼ガワラであったが、異常性においてだけは彼の上位に君臨している者がいた。それが宇宙人、宮崎だった。

鬼ガワラは、確かに四舎二階の中にあっても無敵だった。無敵だったけれど、秋葉原に棲息していそうな痩せぎすメガネの宮崎も、間違いなく無敵だった。不沈艦であった。彼を死刑という言葉で精神的に沈めようとしても無理だろう。

宮崎の事件については問わない。しょせん、こちらも人に語れぬ人殺しだ。「まぁ、なんてひどいことを」と眉をひそめてみたところで、目クソ鼻クソだ。自分だって大勢の人々から眉をひそめられているのだ。目クソが鼻クソを笑っても、余計惨めになるだけだろう。何をして宮崎を無敵といわしめるのか。それは、神経回路に起因する。宮崎は四舎二階の住民の誰もが抱え、悪戦苦闘させられている死への重圧を一切、感じていない。

鬼ガワラだって無敵だけど、「殺されるのが怖くないか?」と問われれば、怖いはずだ。だからこそ、ハタ迷惑バリバリな情緒不安定になり、突如としてギアがセカンドへと入ってしまうのだ。ある意味、その気持ちはよくわかる。みんな同じようなものなのだから。

ギリギリの極限状態の中で、狂いきることもできず、狂いそうな生き地獄を来る日も来る日も来なくなる日まで、彷徨い続けていれば、どれだけ神経が図太かろうが、そんなもの三日も持たずにカリコリに削り取られてしまうだろう。

それなのに、神に背くかの如し所業をシャバでしてきた宮崎は、ここでも神に背を向け倒していた。まるきり怖がってない。場違いなほどのマイペースなのだ。鬼ガワラとは、一八〇度対極の位置で、まさに唯我独尊。死ぬことを恐れているフシがまったくうかがえなかった。

一度、オレは現状に心底まいってしまい、教えを請おうとワラにもすがる気持ちで、〝宮崎寺〟に駆け込んだことがある。オレが宮崎和尚に問うた煩悩はこうだ。

「和尚、あんたは殺されるのが怖かないのか⁉」

和尚は悟りきっていた。和尚はいつものように、ヘラヘラと慈悲とはほど遠い薄気味悪い笑みで、境地をこう説いて下さった。

「殺されないから、怖くないよよよ〜ん」

聞いたオレがバカなのか、答えた宮崎がアホなのか。別に、宮崎は現実から逃避しようとしてるわけではない。横山のやっさんのように、再審に一縷の望みを託し、希望的観測を立てているわけでもない。ごく自然に、誰に教えられることもなく、手を引かれ導かれることもなく、宮崎は今の境地にたどり着いてしまったのだ。

もしかしてコイツは、神に背いているのではなく、神そのものか。もしくは神の子かもしれないって、なんでやねんである。

こんな宮崎ですら、精神鑑定の結果、正常と見なされ、シニ棟へと送り込まれてきたわけだが、もしもオレがあの時、控訴して、精神鑑定の末、心神耗弱にでもなっていれば、それはそれで宮崎よりも司法からはおかしい奴と判断されたわけだから、ペコッとへこんでしまったであろう。

目の前の宮崎は、そんなことなどいざ知らず、腕立て伏せ。もしくは爬虫類のこむら返りなのか、いっこうに理解のつきかねる動きを依然、繰り返していた。ある意味、それは、のほほんとした光景だった。

見上げた空には、飛行機雲が、どこまでもどこまでも伸びている。まだ、オレは生きていた。ちゃんと、この世に存在していた。

7

同じ朝がこうまで違うか、というくらい、金曜日と土曜日のギャップは素晴らしい。一歩間違えれば、その日が命日となってしまう金曜の朝と比べて、殺しが実行されることのまずない免業日の朝では、スズメのさえずりさえも、なんだか陽気に聞こえてくる。どの住人もそれは同じらしく、いつもはギスギスとしたオーラを醸し出し、フロアいっぱいに重たい空気が沈殿しているのが常なのに、この日ばかりは、放たれるオーラもなんだか柔らかい。

夜勤担当の刑務官を捕まえては、冤罪を熱弁するのがクセになってしまっている横山のやっさんのしわがれ声も、普段なら至極、耳障りでうっとうしくこびりつくけれど、今朝はほのぼのと拝聴し、苦笑いを浮かべることまでできてしまう。また言っていることが違っているよって、オレは横山のやっさんの誇大妄想を遠い耳にしながら、襟を正して般若心経を唱えた。般若心経を唱える日が、少しずつ増えていく。

冥土へと旅立ってしまった人、旅立たせてしまった人のために、オレは何もできないけれど、せめて命日には、般若心経を故人のために唱えることにしていた。ひかの命日にも、浅田のおっさんの命日にも、そして、この手で殺めた人たちの命日にも、オレは一人でボソボソ唱えた。唱え終わった後、もう今日で、あの日から十二年の歳月が流れたのかとあらためて思い、時の流れの早さにしばしオレは戸惑った。

十二年前の今日。オレは初めて人を殺した。

その殺しで十年の刑を務め、出所後、また新たに二人を殺めてしまい、こうしてここで首を括られることになったわけだが、いまだに信じることができない時がある。

泣き虫で、甘ったれで、いつも母のスカートの裾を握りしめていたオレが、ぬいぐるみを抱いて寝ないと眠れなかったオレが、三人もの人を殺めてしまった。それは、どれだけの月日が経っても信じきれなかった。むしろ、月日が経てば経つだけ、何かの間違いのような気がして仕方なかった。

あの日も確か土曜日だったと思う。最悪の夜だった。当時、同棲していた彼女は、その日の一週間前から実家へと帰っていた。

オレに何が足りなかったかといえば、もちろん多くあるのだけれども、一番は我慢するということだったかもしれない。ひとつが駄目になってしまうと、我慢して踏ん張ってみせることがオレにはできない。これまで積み上げてきたもの、頑張ってきたことを、たったひとつの失敗や、少し思い通りにいかなかったというだけで、すべて破壊してしまう癖があった。破滅させなければ気が済まない癖まであった。結局、我慢が足りないのだ。

ささいなことが重なって、オレに心底、愛想を尽かした彼女は、一切の未練など持たずに実家へと帰っていった。これで確か四度目だったと思う。前回の時に最終勧告を言い渡されていたので、オレは、もうこれで終わってしまったと絶望的になっていた。

若かったし、随分とバカだった。その彼女とは、十七歳からの三年間を一緒に暮らしていた。ケツの青くさいガキがよく陥ってしまうように、彼女以上の女性などこの世に存在しやしない、という幻想にオレもどっぷりとつかり、そして途方に暮れてしまった。

家の中が上手くいっていなければ、男は外で思いっきり働くことができないという。もしも、彼女と上手くいっていれば、危なっかしいオレの性格も破綻することなく上手くすり抜けていたのだろうか。

オレは破れかぶれとなり、取り返しのつかない事件を犯してしまった。

彼女は最初、強く拒否した。電話越しにも、嫌悪感を隠そうとしなかった。「どうしても話があるから」と言っても、「どうせ、またやり直そうって言うだけやろっ」と取りつくしますらなかった。オレは泣き出してしまいそうだった。それを言うことができれば、どれだけ幸せだっただろうか、と考えるとまた泣きそうになった。彼女の冷ややかな声を聞きながら、「やり直そう」とか、未練たらしい話すらできない自分が哀れだった。

散々、違うと訴え続け、もう二度とつきまとわない、これできっぱり別れる、時間は一時間、という条件をつけられ、ようやく彼女と会う約束を取りつけた。

オレは彼女を助手席に乗せて、あてどもなく車を走らせた。

「話あるんやったら、早く言いやっ」

いつからだろうか。彼女がこんな顔をオレに見せるようになったのは……良い思い出ばかりを追いかけていた。もしかしたら、また少年時代に引き起こした事件の時ように、「一緒に逃げようっ、ねえ一緒に逃げようっ！」なんて言ってくれるのではないか、と淡い期待もどこかにあった。三年間も一緒に暮らしているのだ。この歳にもなると、たかだか三年だが、ハタチの頃のオレにとっては、果てしないほどの時間を共有してきた、と思い込んでしまうだけの歳月があった。一時的にすれ違うことはあっても、いざとなれば、心はガッチリつながっていると信じたかった。

でも、その声色からは、オレが十七歳のオレではないように、彼女もまた「一緒に逃げようっ、ねっ！　一緒に逃げようっ」と言った時の彼女ではなかった。

一時間近く経っただろうか。押し黙ったまま車を走らせていたオレは、赤信号で車を停車させた。彼女は、いきなり助手席のドアを開け、「話ないんやったら帰らせてよっ！」とヒステリックに叫んで、車から飛び出していきそうになった。

「ちょっと待ってって」

オレは彼女の腕を掴んだ。惨めだった。世界で一番、惨めな気がした。

「離してよっ！　もう一時間経つやんかっ！　帰らしてよっ！」

「まだ話し終わってへんやんけっ！」

「だから何よっ！　さっさと話しいやっ！」

「そんな言い方しとったら話されへんやろうがっ！　ドア閉めろって」

やはり世界で一番惨めだった。彼女はすべての鬱憤をドアを閉めることで晴らすかのように、怒りを込めて力一杯ドアを閉めた。

「はよ言いやっ！」

もうやけくそだった。どうにでもなれ、と思った。そして、話した。人を殺してしまったことを。この手で人の命を奪ってしまったことを。彼女の目は、心底オレを見捨てきった目をしていた。けれど、オレの性格を危うんで身の危険を感じたのだろう。オレを刺激するようなことは何も言わなかった。もうこの時は、それくらいオレは彼女に嫌われていた。そんなこともわからないオレは、やはりどこまで行っても世界で一番惨めな男だった。

「一緒に…一緒に逃げてくれへんか」

彼女がオレのことを愛してるとか、もうどうでもよかった。オレは彼女の憐憫の情に訴えかけた。世界で一番惨めなオレは、世界で一番、大バカヤローでもあった。彼女は、躊躇した表情を作った後、「少し考えさせて欲しい」と呟くように答えた。

ヤクザ者という、ある意味、人の言葉を疑うことを生業にしているくせに、自分の都合のいいことだけは額面通り受け取ってしまう。その癖は、今も昔も変わりはしない。

どこかに車を停めて、ゆっくり話し合おうという彼女の提案で、近くのコンビニの駐車場に車を停めた。彼女は「コーヒーを買ってくる」と言って、逃げるようにコンビニの中へと駆け込んでいった。後でわかったことだが、この時、彼女は警察に通報していたのだった。当たり前といえば、これほど当たり前なことはない。

誰が人殺しと成り果てた、好きでもない男と逃亡生活に入り、二十代を棒に振らなければならないのだ。女の一番輝かしい時間を、殺人者となったオレに託すほどバカなことはない。ハズレ馬券に大金をぶち込むようなものだ。誰だって愛想尽き果てているだろう。気づいた時には、警察官に囲まれていた。

「お、お前っ」

「こうするしかなかってんよっ、ねっ！　杏くん、償って帰ってきて！　ねっ、お願いっ！償って帰ってきて！」

彼女の潤む瞳を見て、もうええかと車のドアを開け、躍りかかってくる警察官のお縄にかかった。からめ取られていく最中に垣間見た彼女のホッとした表情と、コンビニのネオンライトがやけに眩しくて、空から舞う粉雪がやたら綺麗だったことは、いつまでもオレの脳裏に焼きついている。

彼女とは、あの夜を最後に会っていない。どこで、どうしているかも何も知らない。惨めな男の惨めな未練は塀の中まで持っていき、惨めたらしく何年も引きずった。それがある日を境に、なんの前触れもなく、毎日と言っていいくらい見ていた彼女の夢を見なくなっていった。

忘れてしまいそうな彼女の笑顔。彼女の声、彼女の面影を、忘れてしまわないように必死に抗い続けていたのを、忘れてしまおうと思い始めたのは、十年の刑期を半分乗り越えたあたりだったと思う。

オレは最悪だけど、人として最低だけど、彼女を愛した気持ちは本当だった。愛し方が人より下手くそだったと思う。人より不器用だったと思う。最後には、それがハタ迷惑にさえなってしまった。それでも、オレなりに一生懸命、彼女を愛したことだけは、本当だった。

十年の刑期を務め終え、社会に復帰した時には、もう彼女のことを思い出して胸が張り裂けそうになることはなかった。

「はいっ、新聞なっ」

回想の旅路の途中、担当の声で遮られた。オレは昨日、交付された新聞を差し出し、代わりに今日の新聞を受け取った。

「めちゃめちゃ、さぶいですねっ」

普段は余り口をきくことのない交代担当だったが、土曜日という免業日が、心を穏やかにさせてくれているのか、人間らしい軽口が気安く口から出ていった。

「なんやっ、今日は雪が降るらしいでぇ。ごっつい今晩冷え込むらしいから、伊丹も風邪引かへんようになっ」

担当のわずかな言葉の中には、気遣いのある温かみが込められていた。人と人の関係とは、得てしてこういうものなのかもしれない。こちらが愛想よく話しかければ、相手もそれに応えてくれる。中には、こちらが愛想良く話しかけても、つっけんどんな態度で返したり、そっぽを向いたりする者がいるので、人は初めて話しかける相手に躊躇してしまうのだろう。相手がどういう対応を取るかなんて、そんな打算的なことを一切気にせずに、しゃべりかけたり、笑い合えたりできた少年時代が、何も知らないぶん、幸せだったのかもしれない。

「雪ですのっ。どうりで寒いはずですわっ」

あの夜の雪を、もう彼女は覚えていないだろう。もしかしたら、最悪な記憶として、トラウマになっているかもしれない。それならば、オレのこともすべて思い出ごと忘れ去って欲しかった。今回のオレの事件を知った時、彼女はなんて思っただろうか。こんな落ちぶれ果てたオレを見て、彼女はなんて思うだろうか。

オレの人生なんて笑えやしない。でもあの夜から、ずっと不幸だったかといえばそうではなかった。オレは大がつくほどのバカだから、自らそれをぶち壊してきたけれど、ちゃんと幸せな時間だって、オレにもあった。

短い期間だった。彼女と暮らした三年には到底及ばない短い期間だった。でも、彼女との思い出をすべて記憶から消し去ってしまっても、ゆまとゆきちと過ごした社会での短い記憶だけは、誰にも奪われたくなかった。その記憶が思い出として心の中にしまってあるから、かろうじてでもこうして人間として生きていけているのだと思う。

今日、降るという雪を彼女もどこかで誰かと見上げたりするのだろうか。そんなことを静かに思った。

8

まったくの空白から言葉をつないで、ひとマスひとマス埋めていく。この作業の繰り返しが、やがて意味のある言葉となり、自分の編み出した創作となり、小説という形となって読む人に感動を与えたり、笑いを引き出したり、涙を誘ったりするわけだけど、まったく書けない日々が続いている。

自分でも書こうとしていることすら、すっかり忘れてしまいそうな空白が続いている。三行ほど書いた小説は十編にも及ぶが、どれもこれもそこからいっこうに進む気配がない。獄中にいながら本を出したことで、調子に乗って自分のことを心の中では先生と呼んでいたけれど、最近では、その心の中の行為ですら、厚かましいのでは……と考えるようになってきていた。この先生、実は才能がなかったのではなかろうか、と考えると答えがすぐに見つかってしまいそうで、気が滅入るだけなので、気分転換に小説ではなく他のものを書いてみることにした。

考えた末、自分が死んだ時のために、「遺書」でも書いておくことにした。ギャグではない。本当の話だ。我々死刑囚は、こうやって前もって遺書を作成しておき官に提出しておけば、骨となって再びシャバへと復帰した時に、遺骨と一緒に手渡してもらえることになっていた。

これがいけなかった。遺書を書いているうちに、いよいよ哀しくなってしまい、とてもじゃないが、小説を書くどころではなくなってしまったのだ。とんだ気分転換である。

そもそも、遺書が気分転換という発想に無理があったのだ。ゴルフとかパチンコとか、カラオケなら聞いたことあるが、遺書で気分転換とは、人類初の試みだろう。

そんなことをしている間に、無為な時間は過ぎていき、空白のマス目が埋まることもなく、日が巡り、カレンダーがまた金曜日を指していた。

そしてオレの般若心経を唱える日が、また一日増えてしまった。

同志とは、とてもじゃないが呼ぶことができないが、それでも地獄と化した四舎二階で、同じ麦メシをボソボソと喰らい合った仲だ。哀しくないといえば、嘘になる。

だけど、彼は哀愁を微塵も抱かせぬほど、不気味に逝ってしまった。オレは、彼のことを少しばかり、あなどっていたかもしれない。何が「怖くないよよよ〜ん」だ。いざ、その場になれば、取り乱して奇っ怪なことを叫び倒すであろうと思っていた。とくと、その醜態を拝んでやるつもりだった。

けれども、彼はやはり彼だった。最期の最期まで、狂人ぶりを貫き通してくれた。彼の生き様はすべて演出ではなく、やはりナチュラルだった、ということが、こうして証明された。決して報われることはないけれど……。

彼は笑っていた。手を振っていた。南側の扉へと吸い込まれていく時に、オレに向かって手を振っていた。あるべき怯えも、気負いも、人間としてそこになければならない感情がすべて、宮崎には欠けていた。あるのはいつもの薄気味悪い、あの笑顔だけだった。ひょうひょうとしていた、と言っていいかもしれない。そんな宮崎の立ち振る舞いを見ていると、思わずコイツが言っていた通り、もしかしたら本当に殺されないのではないか、とまで思ってしまった。

でもやはり、開かずの間に吸い込まれてしまった宮崎は、二度と四舎二階には帰ってこなかった。

その夜、オレは宮崎の夢を見た。彼はあの気持ち悪い微笑みを浮かべたまま、処刑台に吊るされていた。けれど、オレと目が合うと、「死なないよよよ〜ん」と言いながら、薄気味悪い微笑みを顔面に貼りつけ、ゆっさゆっさと揺れていた。よよよ〜んと言っているうちに、首がろくろ首のように伸びていき、弧を描きながらこっちへと向かってきそうになったので恐ろしかった。死なないよよよ〜ん……奴は本当に死んでいないのかもしれない。

9

宮崎が彼岸の人となってしまって、三ヶ月が経とうとしていた。

遭難しそうなほど酷寒な日々は過去のものとなり、死刑囚も世間の人と同様、厚かましくも、春という季節を迎えていた。

そんな中、オレは小机の上に広げた学習帳を凝視して、自分でつけている過去の受信記録を見直していた。やはり、一週間もゆまから手紙が来なかったことは今までになかった。

昨日も同じように調べていたので、そんなことはわかっているのだけれど、調べずにはおれず、こうしていても立ってもいられない不安に苛まれている、というわけだった。

何かあったのだろうか。二～三日、手紙が届かないことはあった。そんな時は決まって四日後に、まとめて三～四通の手紙が届けられた。

それが「何かの手違いで六日かかってしまっただけだ」と、昨日は自分に言い聞かせて慰めることに成功した。それだけに、その説を今日まで強引に引っ張ってみようと努力したが、少し無理があった。

社会では、こんなこと気にもならないどころか、電話一本でこと足りる。しかし、ここは地獄と呼ばれた四舎二階。携帯の電波など、ぶっちぎりの圏外だ。取るに足らないことでさえ、即刻、死活問題に発展していく。人道にもとる行為をさんざん繰り返しておいて、よくもまあ、おめおめと笑ったり、哀しんだり、勝手気ままに生きられるものだ、と社会の人たちには怒られるかもしれないが、死刑囚とはいえ人間だ。感情はある。

母からは「鬼の子」と言われてしまっているが、鬼ではない。血も涙もない獣に限りなく近いとはいえ、更生の見込みもまったくなし、と裁判官から太鼓判を押された身とはいえ、それでもかろうじて人間の気持ちを持っている。人の道を踏み外してしまった重大さに、処刑台へと上がるその瞬間まで苦しみ、何度も後悔して殺されていく。死ぬ瞬間まで、殺されるぎりぎりまで、後悔を引きずる。それが、死刑という極刑の持つ重さだ。

あるハードボイルド小説の中で、ニヒルな主人公が、こんなかっこいいセリフを吐いていた。

――オレは後悔をしない。たとえ首を括られることになったとしても、オレは自分のやってきたことに後悔はしない。

素晴らしいよ。いつだって小説や映画の中の男どもは……。桃源郷へ出かけてしまった者ならいざ知らず、みんな後悔しているのだ。それが、人の良心だと思う。誰もが生まれた時から死刑囚ではない。よく言われるけれど、生まれた時は例外なく誰でも赤ん坊だ。人はそうそうなりたくても、心からのモンスターにはなれやしない。偽りながら、取り繕いながら、自分という配役を演じている。オレはそう思う。

生きることが、どれだけ苦しいか。現実が、どれだけ辛いか。むしろ心がなくなってしまえば、とさえ思う。そうすれば、苦しまずにいられるから。至極、身勝手な言いぶんだけど、それくらい生きることが苦しい。

なのに、なぜ、今もこうして生きたいと願うのか。それはたった一人でも、自分に生きていて欲しい、と願ってくれる人がいるからだ。誰もそう思ってくれなければ、すべての人が自分の死を望み続けているとすれば、今よりもっと生きるということが辛くて哀しいだろう。

もしも、仮にゆまに男ができたというのであれば、それでも構わない。よくはないけれど、構わない。結婚してしまっていても構わない。ただ、オレの身体が冷たくなるその日まで、オレを愛しているかのように演じきって欲しい。

傍くても、夢を見させて欲しい。都合いいけど、このまま彼女に愛されていると感じている時の中で、首を括られたい。それを望む権利すら、もうないのはわかっている。けれど、ボランティアだと思って、それに付き合い、見事な演技を見せて欲しい。

言ってることは、最低だ。男として情けない。でも、それが本心だった。

死んだ後に次の世界があるのなら、空の上から見守ったりすることができるのであれば、いつまでも、いつまでも見守り続けてみせるから、嘘でもいい。嘘ならば、最期の瞬間まで、その嘘を貫き通して欲しかった。

週が明けても、やはりゆまからの手紙は来なかった。


「来年のクリスマスにも、一緒に見に来ている確率は？」

巨大なツリーをバックに尋ねるゆまの表情は、キラキラと輝いていた。ゆまとシャバで過ごした最初で最後のクリスマスイヴの日。未来のことなど何もわからないオレとゆまは、繁華街の中心にそびえ立つツリーのイルミネーションを見上げていた。

周囲を見渡せば、ツリーを囲むように屋台が並び、同じようにイルミネーションを見に来ているカップルや、子供連れの家族たちであふれ返っていた。その中で、ゆまはずっとはしゃいでいた。いつも見せてくれる表情や声に、甘える仕草が重なっていた。そんなゆまが嬉しくて、オレの心は温かく満たされていた。

「九十九%やなっ」

「うわっ、杏ちゃん、えらい自信やんっ！。それで、一%の来られへん理由は？　まさか、杏ちゃん、別れてるかもしれんっとかゆうんと違うやろねっ」

「ちゃうがなっ、パクられてるかもしれんし、くたばってるかもしれんからな」

「えっ⁉　また、杏ちゃんそんなことすんの⁉」

　哀しそうな顔をするゆま。愛しくて仕方なかった。はたから見れば、何言ってんだかこの二人は、となるところだが、オレの心の中では、ばりばりのラブソングがエンドレスで流れていた。

　さぶいっさぶいっと言いながら、ゆまはオレのダウンジャケットの右ポケットに左手をずっと突っ込んでいた。

　不幸にして、この時のオレの予想、一%の確率を見事に引き当ててしまったのだけれど、オレは苦しくなると、このシーンを思い出す。もっと楽しい日もあったはずだけど、イヴという特別な夜だったせいか、いつもこの記憶が甦った。

　この記憶がある限り、オレはゆまのことを忘れることができないだろう。同時に、この記憶があったおかげで、大抵のことは乗り越えられた。もしも過去に戻り、今の気持ちであの頃に戻ることができたならば、オレはもっとゆまのことを大切にできただろうか。たかだか一週間、手紙が来ないだけで、すっかり見放されてしまった気分になり、思い出の中を彷徨っていた。

待望の手紙は、それから三日後の夕刻に届いた。

無愛想で、わずかなやり取りすらウンザリさせられてしまう、いけ好かない担当から受け取った。それが原因ではなかろうが、あれだけ待ちわびていたゆまからの手紙だったのに、なぜか何度読み返してもしっくりこなかった。

別れが綴られている、というのではない。だけど、何かが引っかかって仕方がない。いつもの文面から伝わる温かみが感じられないのだ。手紙が来なければこないで不安になり、届いたら届いたで、ささくれ立っている自分がいた。

「指印が薄いから、もう一回押してくれ」

外でも中でもそうだ。いけ好かない奴というのは、決まっていけ好かないことを言い出す。手紙を受け取った時の受領の指印が薄いので、「もう一度押し直せ」と言うのである。

オレは無性に腹が立った。いけ好かない奴というのは、大勢の人間からも、かなりの確率でいけ好かない奴と思われている。横山のやっさんの情報なので、ことの真相は限りなくうさん臭いが、やっさんの話ではこの担当。わずかな手当てを得るために、どの刑務官も尻込みし、敬遠したがる死刑執行の立会いを、進んで志願しているというのだ。多分、やっさんのホラだろうが、こいつなら大いにありそうだ、と思えるところがあるので誰も否定しなかった。

オレは、指印をムギギギューッと強く押しつけながら、「あんまり勘違いしとったら黙ってへんぞっ！　鬼ガワラがなっ！」と、心の中で吐き捨てた。

ドロドロと、どす暗い闇が、死刑囚たちを今日も呑み込んでいき、眠れぬ夜を演出していく。

10

言ったもん勝ち。いや正確には、言い続けた者の勝ち、か。死刑囚それぞれに挽歌が流れていく中で、奇跡の扉が開かれた。

オレが見ている限り、担当も死刑囚も、もちろん鬼ガワラだって、唖然とした表情を崩すことができなかった。宮崎が生きて帰ってきた、と言われたほうが、まだ真実味があった。それくらい信じることができなかった。

なんと、横山のやっさんの再審請求が通り、審理が再開されるというのだ。昼食後、やっさんは、四舎二階から未決区へと生還していった。

再審が決定したからといって、無罪が決まったというわけではないので、即日釈放というわけにはいかないが、それがどれくらいの快挙かということは、問われなくても、みんなわかっていた。再審の扉というのは、それほど開くことが難しく、請求している死刑囚の割合から言えば皆無といっても、乱暴ではないだろう。

ましてや、横山のやっさんだ。素人目にも真っ黒にしか思えず、胡散臭いったらありゃしない。毎回話す内容が、変幻自在に変わるのだ。聞かされる側も、はじめのうちこそツッ込んで正したり、確認し直したりしているが、次第にアホらしくなって、ここではチュンと鳴くスズメすら相手にしないというのに、そんなヨタ話を、裁判所が相手にするとは、裁判官の目はフシ穴だらけということだ。

立ち去る時のやっさんのあの嬉しそうな顔、ショボくれた目をパチクリさせながら、真っ赤な猿顔を沸騰させまくっていた。

そんな顔を見ながら、心の端っこの部分では喜んでいた自分がいた。我がことのように、とまではいかないけれど、それでも、同じ時を共有し、同じ地獄を見てきた同志だ。うらやましいじゃねえか、コンチクショウ！　コンチクショウだけど、やっさん！　どんなことがあっても、戻ってくんなよっ！　得意のホラ吹きまくってでも、裁判官をやり込めちまえっ！　生きてもう一度、シャバの土を踏んでみせてくれっ！

やっさんの無罪が紙面に躍ったのは、それから半年後の深まりゆく秋の日だった。

もう、毎日ゆまから手紙が届くこともなくなってしまっていたけれど、それでも彼女は、月に二度の面会だけは来てくれていた。

だけど、ゆきちとは、もうずいぶんと逢っていない。何度か、ゆきちも連れてきて欲しいと頼んでみたけれど、その時のゆまのちょっと困ったような顔を見てからは、なんだかゆきちの話をするのがはばかれるようになっていた。

少しずつ、ほんの少しずつだが、確実に何かがすれ違っていき、戻すことのできない距離が二人の間に生じていった。

本当なら、オレのほうから別れを告げるのが男の優しさなのだろうけど、オレはそうすることがいつまで経ってもできなくて、またいつもの思い過ごしだと信じ込もうと、時の流れにすがりついていた。

横山のやっさんが奇跡を巻き起こしたので、運動のメンバーが鬼ガワラと二人きりになってしまったことから、オレと鬼ガワラはそれぞれ別々の班に組み込まれることになった。

あれだけ、鬱陶しくて仕方がなかった鬼ガワラだったけれど、話す機会がなくなってしまうと、なんだか一抹の淋しさを覚えている自分が不思議だった。

鬼ガワラに対してだけではない。鬼籍に入った浅田のおっさんにしても、宮崎にしても、生まれてきた世界へ生きたまま帰還していった横山のやっさんにしても、もうこの世で逢うことはできないのかと思うと、その気持ちは同じだった。

　死刑囚は、あくまで刑の執行中ではない。だから、朝から作業を強制させられることもなく、運動もしくは、入浴が終われば、後は一日中、いつ執行されてもおかしくないという死の恐怖にのたうち回ることになる。みんなそれを少しでも紛らわすために、何かに没頭して、できるだけ現実の恐怖から目をそらせようと努力していた。

　ある者は、読むに耐えないような短歌や川柳にうつつを抜かし、ある者は誰にもひけらかすことのできない教養をひたすら深め、またある者は、困った時の神頼みで宗教にしがみついた。

　オレは、ただ書くということに、生命を刻みつけていた。もう一度、オレの書いた物語を世に出すために、必死になって書いていた。

　広い世界からすれば、わずかだったかもしれない。だけど本を出したことで、世間の人たちから生まれて初めて称賛を受けた。少なからずの反響の声が届けられた。

「こうなってしまったのは、どうしようもない理由があったと思います。止まりませんでした。溢れ出した涙とページをめくる指が……」

「はじめから最後まで一気に読んだ。これがあの凶悪犯といわれた死刑囚が書いたとは、信じられなかった。色々な意味でもったいない」

「お世辞にも名作とはいえないが、読み手をひきつけるだけの言葉がこの本にはあった。

もう作者は、死刑を執行されたのであろうか。次回作に興味を持たされる一冊でもあった」

「今まで死刑について、それだけのことをしたのだから、当たり前だと思っていた。けど、この本を読んで死刑制度そのものに疑問を感じるようになりました。だけど、私の大切な家族を殺されてしまったら、やはり死刑を望んでしまうかもしれません」

オレの渾身の一撃は、作品とは違う部分でも評価され、この他にも反響が届けられた。その中には、ひかからの手紙もあった。物語の主旋律は、あくまでゆまとゆきちとの暮しを描いたものだったけれど、その中に過去の恋愛なんかも、面白おかしく取り入れてみた。それがひかの癇に障ったらしく、クレームの一報が届いたのだ。

嬉しかった。やがて、哀しくなった。今は、天国へ旅立ったひかのために書いている、なんていえばカッコイイけれど、ひかのために書いては書き直しを繰り返した挙句、やっぱり心の中では、ゆまとゆきちのために書いているような気がする。

自分が認識している人物。まったく認識すらしていない人物。知っている場所、まったく知らない場所。そのすべてでオレは散々蔑まれ、憎まれ、恨まれ、そしてもう、この世では名誉挽回の余地すらなく、忘れ去られてしまおうとしている。それがオレの歩いてきた、偽りない足跡だ。

けど、それとは違うところで、オレの本を読み、オレの存在を知り、優しくオレのことを想像してくれた人も、少しは作れたと思う。その事実が、少しだけど、オレの心を救ってくれていた。

この世に生まれてきてはいけない、という人間が世界にはいるとオレは思う。多分、オレ自身がその中の一人だ。だからこそ、もうこれ以上、誰からも恨まれたくなかった。憎まれたくなかった。せめてもう少し、生まれてきた証を、最期にこの世に残して死にたかった。オレのことを少しでも愛してくれた人に、間違いばかりではなかったと、思われたかった。残された人生で、もうオレにできることなんて何もない。ただ書くことしか……。

杏ちゃんへ
涙が止まらへんかった。文字がかすんで、なんべんもなんべんも、涙を拭いながら、言葉ひとつひとつを杏ちゃんと想って大切に読んだ。

杏ちゃんがこうなってしまった時、弱虫で泣き虫なゆまは、どうしていいのかわからなくなってしまいました。

ゆまは信じられへんかった。目の前の杏ちゃんが、ホンマにそんなことをしてしまったんかって思うと、怖くて怖くて仕方なかった。段々おかしくなっていく、杏ちゃんが哀しくて、辛くて、そして怖くて、ゆまは警察に行ってしまいました。

杏ちゃんを最期まで信じられへんかった。

杏ちゃんを愛してたんは嘘じゃないけど、杏ちゃんがゆまのことを愛してくれているのかどうか、あの時はわからへんかった。杏ちゃんのことを何もわかってあげられへんかった。もっと正直に書けば、杏ちゃんの狂気が、いつゆまやゆきちに向けられるかって思うと、信じることができへんかった。

何回も何回も後悔した。ゆまを責めようとしいひん杏ちゃんを見て、何回も何回も後悔した。杏ちゃんの優しさとか、思いやりとか、なんでもっとわかってあげられへんかったんやろうって。

もし、ゆまがもっと強かったら、亡くなった人たちには申しわけないけど、杏ちゃんとゆまとゆきちと三人で誰もわからへんところに行って、今も杏ちゃんのぬくもりを感じることができてたかもしれない。

ごめんなさい。ずっとゆわれへんかった気持ちです。

杏ちゃんが書いた本を読んで、この気持ちだけは、ちゃんと杏ちゃんに伝えなあかんって思って書きました。面会やったらうまくゆわれへんから。また強がりゆうてしまいそうやし。今、ゆまは幸せの中にいます。

杏ちゃんに抱きしめてもらうことはできへんけど、こんなにもゆまとゆきちのことを愛してくれる、杏ちゃんがおんねんから。それだけで、女は幸せやねん。杏ちゃんは、ひとつも女心がわからへんけどね（笑）。

何年先でもいい。何十年先でもいい。だから杏ちゃん、帰ってきて。お願いやから、諦めんとって。ゆまとゆきちは、何があっても、杏ちゃんの味方やから。ずっと待ってる。ゆきちと二人で、杏ちゃんが生きて帰ってきてくれんのをずっと待ってる。また明日、面会行くね。

杏ちゃん、愛してんで。

ゆまより

この手紙を受け取った時は、まだ公判審理中で判決も出ていなかった。間違いなく、死刑を避けて通ることはできないとわかっていたけれど、もしかしたら、と思ったりしていたのも事実だった。

本が世に出たということで、オレの運命が大きく変わっていきそうな気がしていた。けれど、運命を変えるには、あまりにも遅過ぎた。現実は、映画や小説の世界のように、なんでもかんでも上手くはいかない。

淡い夢は、手を握ろうとしたそばからこぼれ落ち、はじめからあるべき答えをしっかり引き寄せていた。誰かが悪い、というのではない。間違いなく、自分自身が悪いのだ。

一審の死刑判決を受け入れたことを後悔したのは、一度や二度ではない。毎日だ。毎日後悔している。小説を書いている時、本を読んでいる時、風呂に入っている時、眠りにつくその瞬間まで、気がつけば、押しつぶされそうな恐怖に耐えるようにして、歯を食いしばっていた。無意識のうちに、死に抗い、踏ん張ろうとしているのだろう。

多分、オレは死ぬ瞬間まで、見苦しいままだろう。往生際が悪いと蔑まれても、綺麗になんか逝けそうもない。

でも、心のどこかでは、ホッとしているかもしれない。オレの小説を読んで涙を流した、あの時のゆまはもういない。逢えば逢うほど辛かった。ゆまとの距離ができていくのを確認しているようで、悲しかった。

11

それでもオレはゆまと逢うことを楽しみにしながら生きていた。逢えば逢うだけ傷ついていくのに、会わずにはいられなかった。

夏が駆け足で去っていき、秋が深まり、やっさんが無罪となりシャバの人になったのかと思っていると、すぐに冬がやってきて、また一つ歳を重ねようとしている。

その間も、ゆまはまるで自分が警察に駆け込んだのだから、その責任だけは果たさなければならない、とでも考えているかのように面会へと来ていた。

面会室で時計ばかり気にしているゆまは、ある意味、事務的に足を運んでいるように見えた。そう見えてしまう自分自身が嫌で嫌で仕方なかった。

心の底から嫌われてしまう前に、オレのほうから彼女を自由にしてやらなければいけないと思いながら、いつまで経ってもそのことを言葉にできなくて、お互いが辛いだけになっていく気がした。

そんな迷路をさ迷い続けている時の中で、また挽歌を聴くことになった。

宮崎殺しからちょうど一年が経ち、そろそろ法相も仕事をしなければならない、とでも思ったのだろうか。死神の空腹を満たす獲物として選ばれたターゲットは、四舎二階。最強にして最悪の歩く無法地帯、鬼ガワラだった。

はじまりから終わりまで、すべてが意表をつく展開だった。金曜日でもなければ朝でもない月曜日の夕刻。それも仮就寝に入った、薄闇がかかる午後五時頃だった。

一瞬にして氷結した空気は、はじめは何が起ころうとしているのか判断できず、死刑囚たちを戸惑わせた。「死神」と、その役目ゆえに悪しざまに呼ばれている主任看守の姿を認めたあたりから、四舎二階に巣くう悪党どもにとって、招かれざる出来事が接近しつつあることが知れた。

凍りつく視線を浴びた看守一行の向かう先は、その凶悪性から数々の通り名で呼ばれているドン、鬼ガワラ。「シニ棟」最後の砦だった。死刑囚の誰しもが固唾を呑んだだろう。そこから始まる地獄絵図を想像して青ざめたと思う。

「もうやめてよぉぉぉーっ！」

フロアから流れてくる愚かな泣き声を耳にした時、オレは見当違いな想像をした。まさかその声の主が鬼ガワラとは夢にも思わず、ハルクかスタローンのどちらかが早速、返り討ちにあったと思ったからだ。攻防が繰り広げられているのは、その衝撃音から察することができた。それは至ってシンプルなもので、誰もが想像する修羅場とは、似ても似つかぬものだった。

鬼ガワラはまるで子供だった。駄々をこねる子供だった。嫌だ、嫌だとぐずっている子供にしか見えなかった。

――今さらジタバタしてもしゃあないわな。来る時がくれば逝くだけや。気に入らなんだら踊るし、いつ来ても肚はとうに括っとるよ

実話誌の連載の中で、鬼ガワラはこんなセリフを吐いていた。

だが、両脇をハルクとスタローンにガッチリ決められた実物の鬼ガワラは、自分の足で歩くこともままならず、引きずられるようにしてズルズルと、開かずの間へと姿を消していった。

「お母ちゃん！　お母ちゃんっ！　お母ちゃんって！」

母の名を叫び続ける鬼ガワラの無様な姿をオレは笑うことができなかった。「お前、普段の威勢はどこ行っててんっ！　笑わせせんのっ！」と、ののしることもできなかった。

上手くこの時の心境を言葉にするのは難しいが、もしかしたらオレは、鬼ガワラの姿に

ショックを受けていたのかもしれない。

唯我独尊。鬼ガワラのスタイルは、まさにこの言葉がピタリとはまった。彼の生き様を二百万歩、美化した実話誌の連載小説のタイトルが「唯我独尊」だったので、余計にそのイメージが強い。

鬼ガワラは、良くも悪くも、決してタイトル負けしていなかった。とにかく鬼ガワラは我という我を貫き通していた。刑務官にも、同じ立場の死刑囚にも、獄窓にやってくるスズメにさえも、オノレのエゴを押しつけた。不気味な声でがなるカラスですら、鬼ガワラの機嫌が悪い日には、鳴くどころか寄りつきさえもしなかった。それが鬼ガワラという男だった。

だからこそ、看守たちも普段なら使用することのない伝家の宝刀、麻酔銃で完全武装して寝込みを襲うという、過去に例のない戦略をとったのであろう。刑務官の人数も通常の五倍は駆り出されていた。どの刑務官の表情も鬼ガワラを開かずの間に放り込む時、拍子抜けというか、信じられないといった顔をしていたけれど、ただ一人、自らわずかなお手当てを目当てに、刑の執行に立ち会うことを志願していると噂されているいけ好かない担当だけは、ニヒルな笑みを薄汚い顔面に貼りつけ、プロジェクトチームの最後尾を歩いていたのをオレは見逃さなかった。その顔を見て、オレは頭に血が上った。

オレだけではなかったようだった。翌日の運動では、みんなそのことを口にしていた。

誰も鬼ガワラの最期を笑いはしなかった。死人にムチを打つようなことは誰もしなかった。その一点だけでいえば、死刑を愉しむいけ好かない担当よりも、極悪非道の死刑囚のほうが、よっぽど人間として上等ではなかろうか。

鬼ガワラは、ラストダンスを踊ることなく、刑場の露と消えていった。

12

三十一歳のクリスマスイヴ。オレは裁判所から、真っ赤なリボンに括られたプレゼントを受け取った。「開けていい？」とキラキラの目をして、裁判官という名の三人のサンタクロースに確かめた。

「ああ、もちろんさ」

優しく包み込んでくれるような温かな声。

「わーいっ、やったあ！」

はしゃぐオレは包装紙をめくり、プレゼントの箱を開けた。興奮とは裏腹に、中から出てきたのは、たった一枚の紙切れだった。

そこには、朱字で「死刑」。たった二文字だけ書かれていた。笑えない。まったくもって笑えない。あの日から、三年の月日が流れた。クリスマスは楽しい日だという。優しくなれる日だとも聞いたことがある。確かに、そんな過去がオレにもあったような気がする。だが、もうあまり覚えていない。

幸か不幸か、まだ空の上から下界を眺めてはいなかったけれど、生きているのか死んでいるのか、わからなくなる時がある。

イヴだというのに、こんな辛気臭い顔をしている男のところに面会へとやってこなければならないロキを見て、オレは憐れみを覚えていた。ロキは、最初にゆまが来られなくなったので代わりに来た、と言った。

最近では月に一度、来ればいいほうで、たいがいはこうしてゆまの代わりの者が面会へとやってくるようになっていた。

アクリル板越しのロキの顔を見た瞬間に、何かあるな、ということはわかっていた。良い話ではないということもわかっていた。この枯れ果てた人生に、良いことなんて残っているはずがない。

「なんや。なんかあったんかい、ロキ」

オレはたまらず尋ねた。聞くのがたまらなかった。どんな不幸がロキの口から飛び出してくるのか、身構えずにはいられなかった。だけど、聞かずにもいられなかった。

死刑と言われた時も言葉にできないほどショックだった。死刑以外、絶対にないとわかってはいても、あらためて法廷で宣言されれば、どれだけショックなものか。あのショックから三年。ロキの口を伝わってやってきた不幸にも動揺せずにはいられなかった。

「ほんまかいっ？　それ」

もしもアクリル板がなければ、オレは茫然としながらも、すぐさまロキに掴みかかり、その身体を激しく揺さぶり続けていただろう。

「なんでやねんっ！　カタギなる、ゆうてたんとちゃうんかい！」

問い質すオレの声は、怒気を帯びていた。

「確かに、そうゆう話もありました。けど、まあ、本家の分裂で、ここんところウチもシノギやら、なんやらでヨソとバッティングしたりしてもうてて、段々抜き差しならへん状況まで来てましてん。兄貴にはゆうてまへんでしたけど……」

ロキは歯切れ悪く言葉を濁した。

「なんの話しとんねん。それと兄弟がカタギならへんのと、なんの関係があんねん。オッサンかい……。オッサンの指示かい……オッサンが殺れゆうたんかいっ！」

ロキは一瞬、オレから視線を外し、会話のやり取りを記載している立会担当に目をやった後、再びオレに視線を戻して答えた。

「兄貴、勘弁して下さい。詳しいことはワシも知りませんねん」

「知りませんねんって、勝手に兄弟が走るわけないやろがっ！」

オレは怒鳴り続けていた。ロキがオレの質問に答えられないことは百も承知だった。「はい」と答えてしまえば、オヤジが教唆で持っていかれることになる。わかってはいたが、聞かずにはおれなかった。

あの日、龍ちゃんは出所したその足でオレのもとへと面会に来てくれた。

面会室も他に三部屋あるが、確かこの部屋だった。今、ロキが身を沈めているパイプイスに腰掛け、娘のためにカタギになると言っていた。

あの日以来、龍ちゃんとは会っていないので、どういう心変わりがあったのかオレにはわからない。けれど、わかることもあった。カタギになるということが、歳を取れば取るだけ難しくなるということだ。

ある者はそれを、もう引き返せないという。ある者は、カタギになるには汚れきってしまっている、という。今、抱えている地位や名誉を手放してまで、カタギになって何になるのだ、という者もいるだろう。

ヤクザを辞めるのは、もちろん辞め方にもよるが、世間が思うほど難しいことではない。組によっても、また立場によっても違うだろうが、辞めたいと思っている者が渡世で生きていけるほどオレのいた世界は甘くなかった。

親分に惚れて、兄貴分に可愛がってもらって、ヤクザが好きで好きでどうしようもない奴でさえ、ここ一番の場面に対峙させられた時、男になれる者などそうざらにはいない。ハナから辞めたい者が、そんな局面に立たされて男を演じきれるわけがない。

ヤクザをやっていれば、どこかで法に触れている。食うために、生きていくために、見栄を張るために、どこかで法を犯している。それがよくも悪くもヤクザというものだ。いつお縄に括られてもおかしくない日々の生活の中で、「辞めたい」と漏らしているような、そんな性根の者と一緒にシノギをかけられるか。事件を打てるか。間違いなくヒネ場（警察）で泣き入れるトップバッターは、そういう奴だ。

そんな奴に、やれ「人を殺してこい」だの、「ガラスを割ってこい」だの「ダンプで一発、派手に突っ込んでこい」だのと命令できるか。

去る者に対して。ヤクザの業界というのはオレが見てきた限り、生きてきた限りで言えば、淡々としている。辞める時、ケジメとして指をちぎらなければいけないと解釈されがちだが、本来それは逆だろう。ヘタを打ったがヤクザを辞めたくない、破門や処分を解いて欲しい、組織に復帰したい。だから指をちぎるのだ。

ただ、組に不義理してトンコした奴。組の金に手をつけてばっくれた奴。組の御法度を行い組織に迷惑をかけて飛んだ奴。身内の女に手を出し駆け落ちしていった奴。こういう辞め方をすればもちろん別だ。そうでもない限りヤクザを辞めることは、一般人が想像するよりは難しくない。

大変なのは、ヤクザを辞めることではない。ヤクザを辞めてからだ。ヤクザを辞めたことがイコールカタギではない。今の世の中、ヤクザでもなければカタギでもない、中途半端な不良であふれ返っている。それが特殊詐欺といった犯罪につながっているのではないだろうか。オレ自身がそうだ。ヤクザの世界からはみ出し、ヤクザでもなければカタギでもない。中途半端な不良というカテゴリーからも脱落してしまった死刑囚だ。人間であることさえもが罪になっている。そんなオレからすれば、ヤクザにもなれず、カタギにもなれない中途半端な奴でさえ、人間として上等だ。

ヤクザをやっていれば、必ずどこかで誰かを泣かしている。それは親かもしれないし、女かもしれないし、子供かもしれないし、友人かもしれない。名を売れば売るだけ、銭を掴めば掴むだけ、恨みだって買っている。憎んでいる奴だっている。我が手に入れた銭のおかげで、他人を路頭に迷わせた奴もいる。そういう怨念や屍の上に立っているのがヤクザだ。

ヤクザという肩書きを外してしまった途端に、落ちぶれていった者をオレは何人も知っている。オレだけではない。この業界で飯を食っていれば、必ずそういう元ヤクザの成れの果てを誰しも見聞きしてきている。みんな、ああなりたくないと、必死に代紋にしがみついて生きているのだ。

男の値打ちは肩書きではない、と言える世の中は立派だ。だけど綺麗事でもある。

ヤクザを辞めた瞬間に、目に見えた制裁は受けなくても、命を狙われなくても、これまで親友と思っていた奴に思いっきり掌を返され、これまで見下してきた奴に見下され、誰にも相手にされなくなって生きていく者の気持ちほど、惨めなものはない。

人から組長だの親分だの日本一だのと呼ばれ、一時の栄光を築き上げた人なら、なおさら惨めだろう。自分がカス以下だと思っていた相手に見下されることの辛さは、誇りが高ければ高いだけ屈辱に感じるからだ。

若ければまだツブシもきく。しかし、なんの取り柄もない、才能もない、極道一筋に生きてきた三十過ぎのオッサンが、ヤクザから足を洗って、たやすくカタギに転職できるほどシャバの風は優しくない。

龍ちゃんもそうした葛藤の中で戦っていたのだろう。そして辞めるタイミングを外し、チャカを握り締めるハメになったのだろう。そしてターゲットのタマを獲って男を上げることなく、相手から返り討ちにされてしまい、相手の男を上げてしまったのだろう。

よくある話だ。ただお鉢が回ってきただけのことだ。何かを言えば愚痴になるのは、死んだ龍ちゃんが一番わかっていたはずだ。頭に駆け上がってきた血がスーッと下がっていくのを感じながら、オレはどうしようもないやるせなさに襲われていた。

「ロキ……」

背もたれにダラリともたれかかり、うなだれながら口を開いた。

「あかねと嫁さんのえみちゃんのことだけは、お前がちゃんとしたれよ」

「わかってまっ」

ロキは静かに返事を返した。オレが何か言えるとすれば、それくらいだった。

オレにとっては、こんなにも悲しくて、こんなにも苦しいのに、龍ちゃんの死は、新聞のベタ記事にすらならなかった。ヤクザ一人の死なんて、そんなものなのだろうか。

一体、何人、オレのまわりの人間が死んでいけば、気が済むのだ。一番死ななくてはいけないオレがこうして生きているというのに……。

「兄貴、また寄らせてもらいますんで、大事にやって下さい」

そう言って立ち上がると、ロキはシャバに向かって踵を返した。

「ロキッ！」

オレはその背中を呼び止めた。振り返ったロキの視線とオレの視線がぶつかり合った。オレは何を言いたいのだろうか。もしかして、「カタギになれ」とでも言おうとしているのだろうか。

見つめ返すロキの瞳は、獲物を狙う狩人の眼だった。ヤクザの眼だった。オレと龍ちゃんに追いまくられて、危うく買ったばかりのゲームソフトを取られかけた泣き虫は、もうそこにはいなかった。

オレと龍ちゃんもこういう眼をしていた時代があったのだろうか。最後となった面会で龍ちゃんと向き合った時、龍ちゃんは父親の優しい穏やかな眼をしていた。オレは死んだ魚のような眼になっていたと思う。

「いや、なんでもない。ほんじゃあのう、ロキ」

――死ぬなよロキ、殺すなよロキ……口に出そうとした言葉は結局、心の中で噛み砕いた。

「杏くん、ムリやって。ここヤクザの事務所やんかっ。僕、今から古屋たちと梅田にフィギュア買いに行かなあかんねんから、明日の昼までここおれって、絶対ムリやし、嫌やって！」

「ええから、おったらええねんっ。お前のオカンにも頼まれてんねん。家でゲームばっかりして、気持ち悪いから外へ連れ出してくれってなっ」

「嘘やっ！　お母さんにいつも、杏くんには死んでも関わるなって言われてるもん」

「何っ!?　あのばばあ、そんなん言うとんかいっ！　それやったら余計に親に未練ないやろっ、なんせオレは時間ないから、しっかりやっとけよ！　んじゃなっ！」

これが、ロキをこの世界に引き入れた最初だった。無理矢理、当番の代わりをさせていくうちに、いつしかロキは、自分自身のことを僕ではなく「オレ」と言うようになり、それがいつしか「ワシ」に変わっていった。「杏くんっ！」と言う呼び方も、気がつけば「兄貴」になっていた。

ヤクザの出だしなんて、こんなもんだ。誰かに惚れてヤクザになりました、なんて口で言うほど多くはない。先輩、後輩関係のしがらみから、仕事を手伝わされているうちにとか、段々とカタにハメられていくものだ。オレも龍ちゃんも似たり寄ったりだった。

兄弟、いつの間にか、あのオタクのハナタレが、ええヤクザのツラ構えなりよったな。あんな泣き虫のビビリに何ができきんねんて思うてたけど、今日な、兄弟の死を顔色ひとつ変えんと最期まで語りきりよったで。あいつも死ぬほど哀しいくせに、涙見せんと語りきりよったで。それでこそヤクザやわな。ちゃうか、兄弟。ロキはええ極道なりよったよ。どうやそっちは？　懲役より楽か？　なあ兄弟……死ぬゆうのんは、どんな気分なんや？オレの声はちゃんと聞こえてんの？　オレはまだ首括られんとしぶとく生きてるけど、情けない話、三人も殺めといて、今でも死ぬのが、殺されんのが怖いやて。笑うやろ？　笑ろたってくれや。何やってんねん、兄弟って、いつもの声で笑ってくれや……。なんで兄弟、先逝くねん。オレに精神鑑定してでも、アホなフリしてでも生きなあかん言うてたクセに、なんでオレのことおいて、先に逝ってもうたねん。死ぬ時は一緒とちゃうんか……なんで、兄弟が死ななあかんねん……なんでやねん、龍ちゃん。なんでやねん。

面会室から舎房までの帰り道、渡り廊下から目に入った景色の中には、真っ白な雪が舞っていた。オレを連行していた年輩の看守部長が、しみじみと呟いた。

「ホワイトクリスマスやな」

13

何がなんだかわからなかった。

気がついた時には、死神が目の前に立っていて、「お迎えが来たよ」と哀しそうな顔で言っていた。その顔を見てオレは、まるで他人事のように、ああ、このオッサンも仕事とはいえ辛いねんなっ、なんてうわの空で思っていた。

なんだか、身体がふわふわしていて、ひどく歩きにくい。

あっという間にたどり着いた部屋の中では、坊さんが念仏を唱えていた。

多分、オレのためだろう。

ちょっと待ってくれ、と言いたいのだけど、上手く言葉をしゃべれない。

あたふたするオレを促すようにして、死神が隣室へと誘導して行く。

視界に飛び込んできた部屋はえらく殺風景で、薄暗さが気味悪さを募らせていた。

ここで何人もの狂人が、正義という大義名分のもと、縛り首にされ、吊るされたのだろう。まるで、天井から吊るされたロープがオレに、おいでおいでをしてるみたいに、ユラユラと揺れて見えた。

あっという間に、黒い布で視界を奪われ、手足をロープで、心を恐怖で縛り上げられた。

オレはやっぱりべそをかいていて、母の名前を呼ぼうと、機能しない声帯に必死になって抗っていた。

首に天井から伸びたロープの感触が伝わってきたかと思うと、ジェットコースターが急降下していくみたいに、オレはストンと落ちていった。

どこまでも、どこまでも、どこまでも、落ちていく。苦しさに歯を食いしばった。

腹の底に圧がかかり、耐えきれぬ不快感に襲われた。もう意識があるのか、ないのかさえわからなかった。オレは死んだのだろうか……。オレは死ねたのだろうか……。

あれだけ執着していた生だけど、やっと死ぬことができた、とどこかでホッとしているオレがいた――。

目覚めた時、オレは泣いていた。ホッとして泣いたのか、悲しいのかすら、わからなかった。悲しいことがあり過ぎて、なぜ悲しいのかわからなかった。

「死にたないよっ……」

イヴの夜。ガキの頃、眠りにつけば、夢から覚めるのが楽しみで仕方なかった。欲張りなオレは、ありったけの靴下を枕元に並べて、母を苦笑いさせていた。

その頃よりもずっと前から、母がサンタクロースということは知っていた。だけど、毎年律儀に靴下を枕元に並べ続けた。

いつから、靴下を並べることをやめてしまったのだろうか。

靴下を並べることをやめたオレを見て、母はなんて思ったのだろうか。涙は枯れ果てることなく、朝まで流れ続けた。

最後の手紙を受け取ったのは、横山のやっさんの事件を新聞で読んだ日だった。

明日で御用納めとなる一二月二七日。やっさんはやってくれた。再び生きてシャバへと帰れたというのに、また身柄を拘束されたというのだ。数行の短い記事だったので、詳しい内容はわからなかったが、二十八年前の逆恨みか？　という見出しが太字で書かれた事件は、やっさんが引き起こしたものに違いなかった。

その記事によると、二十八年前にやっさんが逮捕される決め手となった証言をした女性を、刃物で傷つけたというものだった。幸い殺人未遂とあったので、相手の女性は死なずに、やっさんは想いを完遂することなく終わってしまったようだった。

それは良かった。不幸中の幸いだ。だけど、やっさんにとってはどうだったのだろうか。本当にやっさんは二十八年もの間、その女性を恨み続けていたのだろうか。おしゃべりなくせに、そんな話は一度たりとも口に出したことはなかった。言葉通りそれは、時を超えた怨念であろう。被害者の女性にとっては、とうの昔に忘れ去った出来事かもしれない。だけど、やっさんは違う。昨日のことのように恨み続けていたのだ。

やっさんが六十八歳だった、ということも新聞で初めて知ったけど、もし本当に無実であれば、二十八年もの間、やっさんがどんな想いの中で生きていたのかわかるぶん、その無念だってよくわかる。この間に、殺されてしまったとしても、なんら不思議ではなかったのだ。当時のやっさんは、ちょうど四十歳になるわけで、青春こそ終わって久しいとはいえ、男盛りで働き盛りだ。そこから不当な逮捕で拘束された挙句、いつ殺されてもおかしくない状況にさらされて、二十八年もの間、怯えに怯え続けていたのだ。

殺ったくせに恨んでいたのであればこの記事通り逆恨みだが、本当に殺っていないのであれば、後味の悪さを残すが、その女性は殺しても殺した足りん相手ではなかろうか。

やっさんはこの二十八年間で、歳月だけではなく、数多くのものを失ってしまった。すべてがその女性のせいではないだろうが、その証言が決め手で逮捕されたのであれば、恨むなというほうが酷だろう。

それにしても、やっさんの執念は凄まじい。もしかしたら、やっさんはその女性を殺めんがためだけに、必死になって冤罪を訴え続けていたのだろうか。とてもじゃないが、オレにはできぬ芸当だ。いくら殺しても殺し足りん人間でも、二十八年間、忘れずに恨み通すことができるだろうか。

時は思い出を風化させる。姿形も変えていく。時の中では、憎しみさえも流れに抗いきれず、薄れ去っていってしまう。それは何も憎しみだけではない。悲しみさえ、時は忘れさせてくれる。

人は色々なことを忘れるから生きていける。生きているから、不幸から幸せになれるのではないだろうか。笑える日がくるのではなかろうか。それが人間だ。それが人間の営みだ。

だけど、やっさんは恨み続けた。時の流れに逆らいながら、二十八年間、恨み続けた。恨むだけではない。オノレの無念を晴らすために、その一撃を行動に移したのだ。

やっさんの取った行動を称賛する気はない。バカだな、せっかく生きてシャバに帰れたというのにもったいない、とさえ思ってしまう。それでも、やっさんが本当に無実だったとしたら、やったことはいけないことだが、その気持ちはわからないこともなかった。

凄まじい執念を見せつけられたおかげで、その日、やっさんのことばかりを考えて過ごしていた。だが、夕刻に受け取った手紙を読んで、やっさんどころではなくなってしまった。そういう手紙は、決まっていけ好かない担当が持ってくる。何が気に入らないのかわからないが、コイツの行動ひとつひとつがいちいち癇に障り、人の気持ちを逆撫でた。

手紙はゆまからだった。オレがもっとも、この世で愛した人からだった。笑い合ったことも、ケンカしたことも、笑顔も涙もときめきも。すべてが思い出に変わろうとしていた。

他人行儀な書き方から始まる手紙が、そのことをわかりやすく物語っていた。

伊丹さんへ
ごめんなさい　本当にごめんなさい。謝ることしか、もうゆまにはできません。これが最後の手紙になります。

何を書いても、今となっては嘘に聞こえるかもしれないけど、出逢った時からゆまは、伊丹さんを愛していました。

もしも伊丹さんがずっとゆまたちのそばにいてくれていたら、ゆまは死ぬまで伊丹さんを愛しぬいたと思う。

ごめんなさい。

今さらこんなことをいくら書いても悪いのは全部ゆまです。本当にごめんなさい。最後まで伊丹さんを支えることができず本当にごめんなさい。ゆまは弱い女です。

無理して強がってきたけれど、ずっとずっと寂しかった、辛かった、悲しかった。こんなゆまに伊丹さんを支えていくなんて本当にできるんだろうかって、悩んでいました。

そして、ゆまは伊丹さんを裏切ってしまいました。ゆまたちのことをすべて受け入れて、一緒になろうと言ってくれる人がいます。

ゆきちもすごくその人になついてくれ、ゆきちのためにも一緒になろうと決めました。このまま、伊丹さんを裏切ったまま、嘘をついたまま生きていくことがゆまにはもうできません。面会で逢えば、逢うだけ伊丹さんを傷つけてしまい、会うことも辛くて辛くて仕方なかった。恨んで下さい。最後までずっとずっと伊丹さんを支えるって簡単に言っていた、ゆまのことを恨んで下さい。

でも、ごめんなさい。書けば書くだけ言いわけになってしまいそうなので、これでペンをおきます。どうぞ、自分を大切にして下さい。

心をえぐる鋭利な言葉が、綿々とゆまの手紙には綴られていた。一言で、簡潔に表現すると三行半。ずっとわかっていた。ゆまのうしろに男の姿があることを。その影に、気がつかないふりをしながら、目に見えるものだけを信じて、逝こうと思っていた。嘘もバレなければ嘘じゃない。けど、そんなことは虫が良過ぎた。ずっと不安に思っていたことが、現実になってしまっただけのことだ。ただそれだけのことだ。ただそれだけの……。

泣くな！　彼女との日々、彼女の笑顔、呼び慣れた彼女の名前、声、だんだん遠くなっていく。チビと歩いた保育園の帰り道、チビと二人でニコニコしながら出かけたデパート、チビと交わした数々の男同士の約束……。自分勝手なオレは、まだ心の整理がつきそうにもなかった。それだけ、ゆまとゆきちがオレにくれたものは、かけがえのないものばかりだった。

「指印、薄いから押し直せ」

いつものことだった。こういう奴だった。人の気持ちを微塵も慮ることもせず、いけ好かない担当がグッドタイミングでいけ好かないことを言いに来た。一切、慣れはしないけれど、こんな奴にイチイチ腹を立てても仕方がない、といつもは自分に言い聞かせていた。だが、今日ばかりは、オレの虫の居所が悪過ぎた。

「押しとるやんケッ！」

声を荒げた。

「薄いからゆうとるのだろうがあっ！」

案の定、売り言葉に買い言葉になった。もう引き返すことはできなかった。さんざん言い合った後、オレはおもむろに立ち上がった。

「どこが薄いか見してみんかいっ！」

「これ見てみんかいっ！」

怒鳴りつけたら、思いっきり怒鳴り返された。来信の受領表を、鉄格子の空間に作られた食器口から乱暴に差し入れられた。その差し入れてきた受領表を持つ、いけ好かない担当の右手をオレは自分の左手でしっかりと掴み、うしろ手で隠し持っていたボールペンで手の甲めがけ突き刺した。

「ギャーッ！」

変な悲鳴を上げながら、いけ好かない担当は手の甲を押さえ、うしろに転げ回った。ボールペンを握り締める掌には、鈍い感触が生々しく残っていた。

四舎二階に非常ベルが鳴り響いた。目の前でジタバタと転げ回るいけ好かない担当に、オレは血に濡れたボールペンを向けながら言った。

「おい、アホよ。もう一回押したろかいっ」

どの房の住人も野次馬根性丸出しで、ことの成り行きをうかがっているのがわかった。荒々しい足音が近づいてくる。笑いたい気分だった。笑い狂いたい気分だった。

扉が解錠され、特警が土足で雪崩れ込んできた。オレの人生なんてどこまで行ってもこんなもんだ。笑けてきて仕方なかった。

最終章 挽歌

1

ガチガチにかたまった肩を揉みしだきながら、充血している目頭を押さえ、細いため息を吐いた。

いつの間にか、房内で吐く息が白くなっていた。どうにか今年も執行はなく、乗りきることができそうだった。このぶんだと、正月休みにはなんとか書き上げることができるかもしれない。

さて、もうひと頑張りするか、とペンを走らせ始めた時、ふと明日がクリスマスイヴであることに気がついた。

気がついたという表現は、少しおかしいかもしれない。何日か前からイヴが近づいてきているのはわかっていたし、今年ももうそんな時期か……と何度も思ったりしていた。でも、波に乗っていた執筆活動のおかげで、ここ数日は小説のことばかり考えていた。おかげでイヴどころか、昨日なんて金曜日だったのに、大して気にすらならなかった。

龍ちゃんが逝って、もう一年か。今も一向に救われることがあるわけではないけれど、去年の今頃は精神的にもっと辛かった。「もうええから、このまま殺したれや」とさえ思ったことだってあった。

いけ好かない担当の姿は、もう見ない。ボールペンをいけ好かない担当の手の甲に突き刺したオレは、駆けつけた警備隊にきっちりと保護房へと放り込まれた。後悔はなかった。やけくそ、という気持ちでもなかった。強いて言えばなんだろうか。失恋した八つ当たりだったのかもしれない。

　オレはバカだから、いつまで経っても、自分の気持ちを上手く説明することができない。いけ好かない担当には悪いけど、成るべくして成ってしまったというところだろう。保護房の二泊三日は、あらゆる虚無感の中で過ぎていった。人生のもっとも重要課題である死刑執行さえ、どちらでもよいという気になっていた。

　そのおかげで、いつも追い詰められた精神状態でやり繰りしている気持ちが、少しだけ楽だったような気がする。事件送致され裁判を受けることになるだろう、と予想していたが、結果は起訴猶予という寛大な処分だった。

　本来ならオレのやったことは、間違いなく起訴されて、余罪受刑者という身分になり、公判で審理を進めた後、二年なり二年半の増刑になるのが妥当だろう。だが、オレは受刑者ではない。死刑囚だ。死刑囚に刑を加算したところでどうしようもない。

　殺しだとか途方もない事件なら別だが、たかだか全治二〜三ヶ月の怪我で起訴でもしてしまったら、死刑執行の妨げになってしまう、という単純明快な理由で、起訴猶予にされたのだろう。現に、この技は死刑囚が少しでも生き延びるために使用する力技で、やってもない事件を自らでっち上げたり、やってもない殺しの犯人に成り済ましたりして、警察のブタ箱に逃げ込もうと努力するのだ。

今さら刑が増えることなど、痛くもかゆくもないし、あわよくば起訴でもされ裁判にでも持ち込めようものなら、一審から最高裁まで少なくとも一年以上は寿命が延びる。その間は、殺されずに済むわけなのだから、安心した骨休みを、死刑囚のくせに送れる、というわけだ。あいにくオレの場合、起訴こそは免れたが、所内の懲罰だけは軽屏禁罰の天井である六十日、目一杯打たれることになった。

何もさせてもらえず、朝から晩まで大仏の如く、チンと座り続けなければならない二ヶ月間のまあ長いこと。だが、久しく忘れていた永遠を死刑囚の分際で感じることができた。全然嬉しくはなかったが……。

六十日間を満罰で座り終えた翌日だった。思いもかけない面会が入ったのは。担当が面会を告げに来た時、ゆまか、と色めきたったけど、担当の口から出た相手は母だった。

面会室でアクリル板越しに四年ぶりに向かい合った母は、オレの記憶よりもずっと年老いていて、苦労が至るところからうかがえた。その苦労の原因が、他でもないオレにあることは、オレ自身が一番わかっていた。

母というよりも、すっかりおばあちゃんになってしまった彼女は、四年ぶりに対面する殺人鬼と成り果てたオレを、どういう想いで見ていたのだろうか。

「忘れてあげ。忘れてあげ」

母が最初に口にした言葉がそれだった。一体、なんのことを言っているのか、問い返さなくても理解できた。月日は、母をすっかりおばあちゃんに変えてしまったけれど、声だけはオレのよく知っている、オレをどやしつけてきた母のままだった。

それから数分間、母もオレも何も言わなかった。何かを口にすれば、怨みの言葉に変わってしまいそうなのを恐れているかのように、涙をいっぱいにため込んだ瞳で、真っ直ぐオレを見据えたままだった。立会担当が時計を意識し始め、そろそろ面会時間が終わろうとしている時、母は結んでいた口を開いた。

「帰っといで。真っ白なってお母さんとこ帰っといで。それまで、あんたの人生でやってきたことをちゃんと逃げんと償い続け。苦しくても、最期まで頑張り」

長い言葉ではなかったけれど、その言葉の中には、目一杯の愛情が込められていた。親にとって、我が子は何歳になっても、子供のままだという。オレにとっても母は何歳になっても、人殺しになっても、死刑囚になっても、母のままだった。

オレは声を上げて、母の前で泣きじゃくった。泣きじゃくるオレは、弱虫で、あかんたれで、甘えたがりで、何ひとつ成長できていないチビそのものだった。

「ごめん……オカン、ホンマ……そんな、そんなつもりなかってんけど……こんな人生にしてもうて……ホンマ…ホンマにごめんっ」

幼稚園児の頃、母の財布から一万円札を盗んだ時に、母は初めて涙を見せた。あの時の涙を見て、少しでも反省していれば、もっと違った形の人生になっていただろう。

その日から母は、ゆまに託していたバトンをまた受け取り、オレのところに面会に来てくれていた。

前刑、二人三脚で乗り越えた十年だったけど、気がつけばまた、母と二人になり、こうして支えられていた。

2

思い出として、優しく振り返られるようになったのは、いつからだろうか。

もしかしたら、まだ心の整理がきちんとできていないかもしれない。それでも、一日ではわからなくても、十日としてみた場合、二十日としてみた場合、一ヶ月として振り返った時、少しずつだけど、時間が傷を癒やしてくれていて、忘れていこうとしているのがわかった。忘れてしまうのが、悲しくて仕方ない夜は、ゆまとの思い出を、ゆきちとの会話をひとつひとつを心の中から大切に取り出して、確かめることを繰り返した。

もうずいぶんと、ゆまの名前も、ゆきちの名前も口にしていない。

一緒にいる時は、あれだけ毎日、口にしていた名前だったのに、今はもう口に出して呼ぶことさえなくなってしまった。それが、別れというものなのだろう。

オレは今、誰の名前を一番、口にしているだろう。少し考えた後、担当を呼ぶ時の「おやっさ〜ん」だということに気がつき、苦笑いが浮かんだが、すぐに過去の代物となって消えていった。

ここに堕ちてきてから、色々な人間を見送った。オレの人生なんてくだらない。けど、それでも色々なことがあった。一緒に辛苦を味わった、浅田のおっさんも、宮崎も、鬼ガワラのコンチクショウも、もうこの世にはいない。

横山のやっさんも目の前にはもういないけど、どこかの拘置所で担当の手を煩わしながら生きているのは確かだ。そして、オレもこうして生きていた。

ひかも龍ちゃんも、早々とこの世界に別れを告げていったけど、オレはまだ生かされていた。かろうじてかもしれないけど、魂の炎を危うく吹き消されそうになりながらも、燃やしきろうとしていた。死は自分の意志とはまったく関係のないところからやってくる。死刑囚であっても変わらない。生きる者すべてにいえることではないだろうか。

みんな、あの世で元気にやっているのだろうか……。

空の上から見とったらわかるやろうけど、街はクリスマスに染まっています。

どの顔も温かくて、優しくて、それを想像すれば、オレの心まで優しくなれて、クリスマスはやっぱり特別なんだな、と思います。

みんな元気にやっていますか。

オレもそろそろ、そっちに逝くんじゃないかと感じながら暮らしています。みんなのことが忘れられなくて、こうして書きました。

短い手紙です。続きはまた、そっちに逝ってから聞いて下さい。

その夜、オレは夢を見た。浅田のおっさんの夢だった。

ずっと隣同士で暮らしていたおっさんとは、時折、担当の足跡を警戒しながら、声をひそませて壁越しの会話。通声という所内の反則を犯し合った。コンコンと壁を叩く音がするので、オレは窓を開けて合図を返した。

「えっ？　浅田さん？」

心の中では、浅田のおっさんなどと、軽々しく呼んではいるが、口にして呼ぶ時は、ちゃんと敬称をつけて呼んでいた。

「久しぶりだねえ」

懐かしい穏やかな声は、浅田のおっさんのものだった。夢の中でオレはひどく動揺していて、浅田のおっさんが使者となり、オレを迎えに来たのかと、ドキドキしていた。

「オレ、もう死ぬん？」

情けない声だった。

「伊丹さんだけじゃないよ。ここにいる連中も、下界で暮らしているシャバの人たちも、今日、生を受けてこの世に誕生した赤ん坊も、いずれはみんな死んでしまうんだよ。死ぬからこそ、人は生きていけるのじゃよ」

いつの間にか、浅田のおっさんのしゃべり方は仙人のようになっていて、オレは小学生のチビになっていた。

「じゃあ、えりちゃんも、なおちゃんも、先生もみんな、みんな死んじゃうの？」

「そうじゃ。みんないつかは死んでしまうんじゃ。大事なのは死ぬことではない。生きている間に、どれだけこの世に足跡を残していけるかじゃ。それも真っ直ぐな足跡をじゃ……真っ直ぐな……」

目覚めの瞬間まで、仙人となった浅田のおっさんの最後の言葉が耳にこびりついていた。

この夢が虫の知らせとなった。

オレのもとへ死神がやってきたのは、やはり金曜日だった。

もっとうろたえて、見苦しさをさらしてしまうと思っていたけれど、割合、オレはシャンとしていた。

「スリッパ持って出てきてくれるか」

死神の声を聞きながら、今、こうして生きているこのオレが、まさか目の前の担当たちに殺されてしまうなんて、どれだけ考えても現実味に欠けた。

言われるがままにオレはスリッパを持ち、房から出て、解き放たれた開かずの間に向かっていった。歩いている間も、怖いとか恐ろしいとかいうより、どこまでも現実味がなく、なんだかボーっとしているような、そんな感じだった。

処刑台に上がる瞬間まで、抗い続けようと、声の限り叫び続けてやろうと、ここに来てからずっと何年も思っていたけれど、まったくそんな気持ちにならなかった。

なんだか、もうええわって思ってしまった。

「お母さんが来られています」

扉を開ける前に死神が言い、扉を開けると、視線の先にはえらく小さくなってしまった母が一人チョコンと座っていた。

それだけで、もう涙があふれてしまいそうだったけど、ここで涙を見せてしまえば母はオレを思い出す時、いつでも泣いている姿を思い出すんじゃないかと思い、グッとこらえて我慢した。アクリル板のない部屋で向かい合った母は、これまで一度もまぶたにためた涙を零すことはなかったけれど、はじめから泣いていた。

「もう、はよ逝って、あんたが生きとったら、毎日心配で心配で仕方ないから、もうはよ逝ってて っ」

母の涙は止まらなかった。

「うん、わかってる。今までホンマ迷惑ばっかり……」

言葉が詰まった。無理にこれ以上しゃべってしまえば、涙に変わってしまいそうだった。

「ホンマや、迷惑ばっかりやっ。あんた産んで、ホンマに迷惑ばっかりや。迷惑ばっかり……」

母もそれ以上言葉にできず、ただただ泣き崩れていた。

幸せなんてオレの人生、どこを探しても見つからないと思っていた。手に入れたそばから失ってしまうことを考えて、幸せになることにビビっていた。掴みかけたものを、いつもこの手で壊してきてしまった。

でも、たったひとつ。生まれた時に、その小さな手で握りしめていた幸せだけは、最後までなくしてしまうことなくずっと目の前にあったのだった。

彼女の子供で本当に幸せだった。


立ち去る時、オレの背中に向かって母は、オレの名前を叫んだ。

オレは振り返って母を見た。二度と母の姿を見失わないように、もうじきその役目を終えようとしている脳裏へと焼きつけた。

「おかんっ、ごめんな。先に逝くわな。身体だけは大事にしてや。逝ってくるわなっ」

母はオレの姿を忘れないように見つめながら、何度も何度もうなずいた。

「もう、ゆっくり休みや。もう、苦しまんでええからな。もう頑張らんでええからなっ……」

それがバカ息子に贈る最期の言葉になった。

人生最期になる部屋には、すでに線香が焚かれていて、なんだか生きながらにして自分の葬式に迷い込んでしまったかのようだった。特定の宗教を信仰していなかったので、民間の篤士家である教誨師が、黄泉の国へと旅立つオレに説教を聞かせてくれると言われたが、オレはそれを丁寧に辞退した。

残り少なくなった時間を少しでも延ばしてしまえば、最期の最期で、また無様な姿をさらしてしまいそうで怖かったのだ。

ここまで来れば、もう綺麗に逝きたかった。所長がそれを聞き入れてくれ、威厳に満ちた声で高々に宣言した。

「では、執行します」

両手をうしろに回し、手錠をかけられ、ロープで膝を縛りかけられた時、執行官に、待ったを求めた。

「目隠しすんのと、足縛んのだけは、やめてもらえませんか」

別に大した理由はない。ただ最期の瞬間を迎えるその時まで、自分の二本の足で歩き、自分の生まれ育ってきたこの世界をしっかりと目に焼きつけて逝きたかった。

執行官は一瞬、躊躇しながらも、視線を所長へと向けた。所長は「構わない」というようにうに深くうなずいてくれた。ハルクとスタローンに挟まれるような格好で、オレは処刑台へと向かった。

一歩一歩、自分の足で、この世に最期の足跡を刻みつけながら、十三階段となる処刑台までの道程を上がっていった。


「遺書」

一〇二三番　伊丹杏樹

この手紙をゆまが目にする時には、もうオレはこの世にはいてへんねんな。なんか、もの凄く不思議な気持ちなるわ。

ホンマにありがとうな。

こんなオレに尽くしてくれて、支えてくれてホンマにありがとうな。

オレはこの世に生まれてきたらあかんかった人間かもしれん。

でも、ゆまとゆきちが、こんなオレのことを大事にしてくれて、こんなことをしてもうたオレやのに、家族やねんからって言うてくれて、オレはホンマに嬉しかった。

あの世はどんなところかわからへんけど、オレはずっと忘れへん。ゆまとゆきちがくれた温もりを。

ホンマは生きてるうちに、男やったら、もうオレのことはええから、自分のためだに、ゆきちのために、荷物おろして幸せなってくれって送り出さないかんのに、結局言えずに、いつまでも甘え続けてしまった。

こんな男でごめんな。二人に出逢えて、二人の思い出をあの世に持っていくことが出来て、こんな人生やったけど、オレは幸せです。

ありがとう。

ずっと見守ってる。二人が見上げた空の上からずっと見守ってる。

幸せになってほしい。誰よりも幸せになってほしい。

オレのせいで苦しい思いさせてしまったぶん、幸せになってほしい。

自分で作家とか、先生とか言ってるくせに、ひとつも気の利いたこと書けてへんな（笑）

いつまでも元気で、その笑顔のままでいて下さい。

ありがとう。

ゆまへ

あとがきに代えて～小説「死に体」について

猫組長

人は生まれた瞬間から死に向かって生きている。自殺という手段を除いて、誰も死に方を選ぶことはできない。

本書は、死刑という刑罰によってその死を迎える男の物語である。ほとんどの人は犯罪と縁のない生活を営み、死刑など他人事と思っているかもしれない。だが、生まれながらの犯罪者など一人もいないのだ。

普通の人が突然、凶悪な犯罪者になる例はいくつもある。誰もが残虐な事件を起こす可能性を秘めたまま生きているのだ。

現在、日本には一〇〇人を超える死刑囚がいる。もちろん、彼らも生まれながらの犯罪者ではない。確かなのは、死刑にせざるを得ないほどの罪を犯したということだ。

死刑という刑罰には、絶えず存置論と廃止論が対立している。死刑存置論者は犯罪の抑止効果を論拠とするが、その証明が科学的にできない限り絶対ではない。しかし、国民の八割が死刑制度を肯定している事実は、一定の抑止効果があると捉えていいだろう。

死刑廃止論者は、世界の趨勢や、憲法・人権を論拠とするが、文化相対主義的な意見は、国の刑罰権に持ち込むべきではない。

基本的人権は、憲法と人権を尊重する者に与えられるべき権利で、他人の命を軽視する者など制限して然るべきであろう。

他国との比較で死刑廃止を訴える文化相対主義は、あらゆる国の多様な文化を、等しい価値観で考えようとする愚かな行為でしかない。

死刑制度で問題とされるべき点は冤罪の可能性である。もし、冤罪により死刑が執行されてしまえば、それは回復不可能な事態となるからだ。だが、現在の警察が持つ捜査能力と科学鑑定の進化、裁判制度を考えれば、冤罪によって死刑になる可能性は極めて低い。

詰まるところ、死刑存置論も廃止論もその根底にあるのは「道徳的正しさ」なのだ。道徳的正しさとは、人類にとって永遠のテーマ「普遍的な正義」である。

だが、絶対的な正義は存在しない。国家や個人にとって多様な正義があるのだから、道徳的正しさとは相対的なものでしかないのである。

道徳的正しさを追求するには、「なぜ人を殺してはいけないのか」という問いに答えを出さなくてはならない。それは同時に、刑罰としてならば人を殺してもよいのか、という問いを私たちに投げかけてくる。

自分がされて嫌なことは人にしてはいけない。これが道徳の原点であり、人を殺してはいけない、基本的な理由である。

なぜ人を殺してはいけないのか、論理的な説明など必要ないのである。人が生きていく上で必要な原始的モラル、つまり、駄目なものは駄目なのだ、という感覚的なものなのだ。片や、刑罰によって人を殺すことは許されるという一見矛盾した意見も、その根底にあるのは道徳的正しさである。凶悪な犯罪者を罰するための死刑は、目には目を歯には歯をという応報主義であり、凶悪犯罪を許さないという正義感、何より被害者やその遺族が望む正義なのだ。

本書の題名「死に体」は死刑判決を受け、生きることとさえ否定された人間の姿を表している。主人公の伊丹杏樹は、過去に暴力団員であったが取り立てて凶暴な男でもない。彼がなぜ死刑囚となったのか、その原因や事件についての詳細は触れられていないが、本書においてそれは重要なことではない。

本書のテーマは死刑という重く暗いものだが、死刑囚となった伊丹杏樹の愛の物語である。

主人公は死刑判決を受けたことで、初めて愛について深く喜び、深く悲しむ。死に体となって愛されることの喜びと息苦しさ、その愛が失われることへの恐怖を知るのである。

親不孝の末に死刑判決まで受けた息子に、母親は一時、愛想を尽かし絶縁する。恋人は死に急ぐ主人公に別れを告げる。絶望の淵に立った伊丹杏樹を最期に救ったのは、母親の愛であった。

「帰っといで、真っ白になってお母さんのとこ帰っといで」

最期の面会で母親が息子にかけた言葉である。重く悲しい物語だ。誰も幸せにならないし、誰も救われない。唯一、主人公の伊丹杏樹だけは、死刑判決によって本当の愛を知り、死ぬことによって救われたのかもしれない。

（元山口組系組長・評論家）

本作品はフィクションです。
実在の団体、組織、個人とは一切関係がありません。

沖田臥竜

（おきた・がりょう）

1976年生まれ。兵庫県尼崎市出身。20代でヤクザ渡世に身を投じ、通算12年間を刑務所で過ごす。服役中から執筆活動を開始。出所後は六代目山口組二次団体で若頭代行を務めていたが、2014年の親分の引退を機に渡世から足を洗う。16年に「生野が生んだスーパースター 文政」（サイゾー）でデビュー。以後、ニュースサイトや週刊誌でも記事を執筆。「尼崎の一番星たち」（サイゾー）など著書多数。共著として「悪問のすゝめ」（徳間書店）がある。

死に体

2018年8月5日　初版第一刷発行

［著者］
沖田臥竜

［発行者］
鈴木誠

［発行所］
株式会社れんが書房新社

〒160-0008
東京都新宿区三栄町10-106
電話　03-6416-0011
ファクス　03-3464-2860

［印刷・製本］
株式会社シナノパブリッシングプレス

ISBN 978-4-8462-0424-2